Soredeha Sassoku Buonappetito!

ⓒMari Yamazaki 2008

All rights reserved.

First published in Japan in 2008 by Kodansha Ltd.

Korean translation rights arranged by Kodansha Ltd.

through Shinwon Agency Co.

B식사는 하셨어요? uonappetito!

야마자키 마리 만화 | 정은서 옮김

애니북스

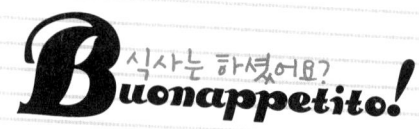
식사는 하셨어요?

Contents

menu 1 진짜 나폴리탄 스파게티

어디서든 쉽게 볼 수 있는 기본 메뉴

파르메산 치즈가루

타바스코 소스 →

피망, 양파, 어육소시지를 곁들였다

냅킨으로 돌돌 싼 포크

색깔은 → 오렌지색♡

기억 속의 나폴리탄 스파게티

일본에서 지명도가 가장 높은 이탈리안 요리 중에 '나폴리탄 스파게티'라는 것이 있다…

나폴리는 스파게티의 맛★ 차오!

맛있을 것 같은 도시야…

나폴리…

그러면 본론으로 들어가죠.(이제부터 반말)

나는 옛날에 이탈리아라는 나라에서는 매일 이 나폴리탄 스파게티를 먹고 산다고 굳게 믿고 있었다…

본론으로 들어가기 전에… 여러분, 처음 뵙겠습니다. 야마자키 마리라고 합니다.

지금은 이탈리아와 포르투갈을 오가면서 살고 있습니다.

자세한 사정이 궁금하시다면 지금 발매 중인 『맹렬! 이탈리아 가족』*을 읽어보세요~♡

물론 나폴리탄을 먹고 싶어서가 아니라 그림 공부를 하기 위해서였다.

그로부터 몇 년 후 나는 이탈리아의 피렌체라는 도시에 있었다.

빈 방을 찾는 중 →

꼭 읽어 보세요~

맹렬! 이탈리아 가족

이탈리아로 여행 가시는 분들께도 추천합니다~

* 한글판은 '미우'에서 나왔지요…

6

다시 말하지만 케첩이나 타바스코를 사용한 요리는 이탈리안이 아니야!!

여기가 미국이나 메시코도 아니고

…토마토의 풍미와 매콤함이 어우러져서 너… 너무 맛있어…

감동

자아, 일단 한 번 먹어봐!!

그리고 고작 15분 만에 티나가 만들어준 스파게티.

얼핏 보기에는 일본식 나폴리탄

뭐…!

아, 아직도 그 케첩 맛이 맛있다고 주장하는 거야…?!

일본의 나폴리탄과 겨루어봐도 손색이 없겠어~

후아~ 정말 맛있는 스파게티였어 ♡

꼬옥~

내가 맛있다고 했잖아…

이럴 수가?! 어째서?!

CHE BUONO!!

마… 맛있잖아…

그래서 다음 페이지에 티나가 만들어준 스파게티의 레시피를 소개한다.

몰랐는데… 이탈리아에서는 케첩이 들어가면 요리로 쳐주지도 않는구나…

입으로 설득해봤자 수긍하기 어려울 듯하여 나도 샘플을 만들기로 했다.

속는 셈치고 일단 먹어봐…

반짝

7

Spaghetti alla Amatoriciana
아마트리치아나 스파게티

③ 달군 프라이팬에 올리브 오일을 두르고 양파, 베이컨의 순서로 볶는다.

양파가 다 익으면 베이컨

② 냄비에 스파게티 면을 삶을 물을 끓인다.

물을 끓이는 동안 양파와 베이컨을 잘게 다져둔다.

① 재료 (2인분)

스파게티 160〜180g

베이컨 100g

화이트 와인 400㎖

양파 반 개

고추 약간

올리브오일, 소금, 후추 각각 적당량

토마토 통조림 300g

⑥ 접시에 옮겨 담으면 완성!!

본인 입맛에 맞춰 파르메산 치즈를 뿌린다.

⑤ ④에 소금, 후추, 고추를 첨가한 후 삶은 스파게티를 넣고 간이 골고루 배도록 잘 섞는다.

※스파게티 면을 삶았던 냄비에서 섞으면 편하다.

④ 베이컨에서 기름이 배어 나오면 화이트 와인을 붓는다. 와인의 알코올이 날아가면 토마토 통조림을 넣고 10분 정도 끓인다.

센불

중불

하지만 일본의 나폴리탄 스파게티도 맛있다…

일본에서 멀리 떨어진 곳에서 살다 보면 당연하게도 일본의 맛이 그리워진다. '초밥'이나 '회'처럼 정통 일식만 머릿속에서 아른거리느냐 하면, 꼭 그렇지만도 않다. 앞에서 언급한 나폴리탄 스파게티는 미각 발달기의 내 세포에 뚜렷한 존재감을 새긴 음식 중 하나이다. 카레라이스나 오므라이스와 함께 내 인생에 천상의 행복을 가져다주는 음식으로 꼽고 싶다.

우리 남편(이탈리아인)은 프라이팬에 스파게티를 '볶는다'는 조리 과정 자체가 어처구니가 없다면서 경악을 금치 못한다. 하긴 이탈리아에서는 파스타를 삶은 후 그대로 소스에 버무릴 뿐이다. 공을 들여 알덴테*로 삶아낸 면을 기름에 볶아버리면 면이 불어버려서 알덴테 특유의 식감을 맛볼 수 없게 되기 때문이다.

그런 점들로 미루어 보아 나폴리탄은 스파게티라기보다, 굳이 따진다면 '야키소바'에 가까운 음식일지도 모른다.

한편 남편은 일본제 우스터소스를 좋아해서 옆에서 말리는 사람이 없으면 오코노미야키나 타코야키를 한도 끝도 없이 먹어댄다. 미각이 보수적이라는 말을 듣는 이탈리아인치고는 일본 음식에 놀라울 만큼의 적응력을 보여주고 있는 것이 사실이다.

* 알덴테 : 씹는 맛이 나도록 설익힌 것.

저, 저 자식이~

콰직~

← 절벽

역시 뭐든지 **볼륨이 있는 게 최고야 볼륨!!**

기왕이면 큰 게 졸지 하하하~ ♡

우와아~ 로자리아가 만든 피자 진짜 끝내준다~

고마워~ ♡

쭈파 쭈파

지금부터 내가 본고장의 피자가 어떤 것인지 보여주겠어!

너희가 이걸 감히 흉내라도 낼 수 있을까!!

나폴리 → 여자

역시 우리 **나폴리** … 겠지?!

흥! 안됐지만 피자의 본고장이라고 하면

이거야말로 진!짜! 피자지!!

훗.

우와아~! 이 도우 기가 막혀!!

파삭

파삭 오물

뜨끈 뜨끈

물소젖으로 만든 모차렐라 치즈

토마토소스

바질

그리하여 티나가 만든 나폴리 피자 '마르게리타'.

자! 맛이 어때?!

※가운데는 얇고 기포로 올록볼록. 가장자리는 부풀어 올라 쫄깃쫄깃하다.

들자들자 하니 뚫린 입이라고 못하는 말이 없네…

잠깐 스톱…

크으윽~

원래 도우가 두꺼운 피자는 미국으로 이민 간 가난한 시칠리아 사람들이 전파한 음식이라고 한다…

양으로 승부 → 도우 70% 토핑 30%

맛으로 승부 → 도우 30% 토핑 70%

일본의 초밥에서 밥과 생선의 관계 같아…

호~음

시칠리아에서는 배만 부르면 단 줄 알지…

야! 네가 뭔데 우리 시칠리아를 비웃는 거야~!!

네가 만든 나폴리 피자 따윈 패대기를 쳐주겠어!!

파앗

2번째 도우 →

볼륨감도 엄연히 음식 맛의 일부라고!!

하아아앗

시칠리아에선 뭐든지 질보다 양이란 거냐!! (가슴도!!)

저, 저기

그대로 한참동안 떨어지지 않았다.

천장에 달라붙어

철썩

무서워…

나폴리 피자만이 저럴 수 있지.

어?

아앗, 무슨 짓을 ~!!

뱅글 뱅글 뱅글

꺄악~

발끈한 로자리아가 집어던진 나폴리 피자는

아까워라~

Pizza alla Napoletana Margherita
나폴리 피자 마르게리타

② ①을 조물조물 반죽하다가 표면이 매끈매끈해지면 스톱.

매끈 매끈

① 더운 물에 소금을 풀어 녹인다. 강력분을 산처럼 쌓고 꼭대기를 눌러 옴폭하게 만든 다음 거기에 더운 물과 이스트를 넣는다.

재료 (2인분)

강력분 200g

드라이 이스트 11g

토마토 통조림 (속 토마토 2개)

모차렐라 치즈

바질 소금 약간

40℃ 정도의 따뜻한 물 140㎖

⑤ 오븐이나 오븐토스터로 8분~10분간 고온에서 구우면 완성!!

고온

오븐이라면 산단에서!!

바질

완성~

④ 알루미늄 포일 위에 반죽을 얇게 펴고 그 위에 토마토, 치즈를 얹는다.

알루미늄 포일

모차렐라

토마토

※도우 가장자리에 크러스트를 만드는 것이 포인트☆

③ 반죽은 상온에서 한 시간 가량 발효시킨다. 그 사이에 토마토는 으깨고 모차렐라 치즈를 잘게 썰어둔다.

발효 (1시간)

푸욱 푸욱

토마토를 으깬다

잘게 썬 모차렐라

일본의 피자도 맛있어요

피자, 또는 삐짜(이탈리아어로는 이것이 올바른 발음)는 스파게티와 나란히 세계에서 가장 유명한 이탈리아 요리이다. 예전에 살았던 중동은 입맛이 보수적이라 그런지 중동요리 말고는 먹을 것이 없는 척박한 환경이었는데도 불구하고 어째서인지 피자가게만큼은 존재했다. 일본의 오코노미야키를 전 세계 어디서든 먹을 수 있게 된 상황을 상상해보면, 전 세계에 피자를 퍼 뜨린 이탈리아인의 콧대가 높을 만도 하다고 생각한다.

그런 이유로 요즘은 일본에서도 본국인 이탈리아의 맛에 손색이 없을 만큼 맛있는 정통 피자 를 먹기가 쉬워졌다고 들었다. 더군다나 최근 나폴리에서 열린 '세계 피자 챔피언십'에서 우 승의 영광을 차지한 사람은 놀랍게도 일본인이었다. 내가 일본에서 고등학교에 다니던 시절 에는 피자라고 하면 쉐이키스(Shakey's : 미국에 본사가 있는 피자 뷔페 체인점) 배달 피자 전문점 밖에 없었다. 덕분에 얇고 바삭바삭하게 구운 씬피자니 두툼한 팬피자니 취향을 따지면서 먹 는 사람은 아무도 없었다.

'크리스피(crispy)'라고 불리는 아주 얇은 도우가 있지만 본고장인 이탈리아에서는 한 번도 못 봤다. 우리 집의 이탈리아인(남편)은 일본에서 얇은 전병 같은 도우 피자를 먹어보고는 "크래 커 같아서 뭘 먹었다는 기분이 하나도 안 들어!"라고 투덜거렸다. 하지만 평범한 피자는 가장 자리를 제외한 가운데 부분만 먹는다. 가장자리까지 먹는 것은 배가 몹시 고플 때뿐이다. 그 것이 피자를 먹는 올바른 방법이라나 뭐라나.

menu 3 가난과 미네스트로네

일본이 버블경제의
절정기를 구가하던 시절
난 이탈리아에서
생활고에 찌달리는
가난한 고학생이었다.

무슨 말을
하는 건지
전혀 못 알아
듣겠어…

구찌랑
같은 거리에
있었지~

페라가모의
바라는~

이탈리아를 방문한 일본인 관광객
(1990년대 초여름)

야마구
자키

어떻게
버텨야
하나…?

생활비가
송금될
때까지
앞으로
10일…

지금부터
너희들에게
유익한 책을
읽어줄게.

위
위
위

거짓말
하는 거
아냐?!

너 진짜로
일본인
맞아?!

하우스 메이트 3명(전원 이탈리아인)도
모두 학생이라 운이 나쁘면 한꺼번에
무일푼이 되는 사태도 벌어지곤 했다.

…알바
자릴
찾아야
겠어…

구인

음,
설탕도
제법
먹을 만하네
☆

배고파
죽겠어!

활짝
활짝

ZUCCHERI
설탕

...응, 그러게나 말이야... 잘 자...

우린 참 풍족하게 살고 있는 것 같아☆

어때? 책을 읽고 나니 허기가 조금은 달래지지?!

으흥흥흑

아아아

플랜더스의 개

히 이잉 어흐흑

어흐흐 허엉

플랜더스의 개

아침부터 아무것도 먹지 못한 파트라슈와 네로는 눈보라 속을...

더 이상 견디기 힘들면 최후의 수단.

... 할 수 없지. 돈을 벌어오는 수밖에...

돌 돌 돌

...그러나 이 짓도 매일 하다 보면 효과가 사라진다.

작작 좀 하지 못해!

투욱

그럼 오늘의 책은...

성냥팔이 소녀

그런데 일본인들도 항상 영어로 말을 걸었다.

웨어 아 유 프롬?

하우 머치?

다들 날 동냥아시아나 냥미인으로 착각했다

길거리에서 초상화 알바.

그것은

...파트라슈, 네로... 나를 지켜다오...

14

오, 나이스!! 원더풀!! 뷰티풀!!

쩌억 쩌억 쩌억

오… 오케이?!

한 명이라도 손님을 잡으면 다행이었다.

겨울은 특히나 관광객이 적어서

그, 그리기 어렵다…

삐약 삐약 삐약

켁!

집에 돌아가니 하우스 메이트들이 병아리로 변해 있었다.

머릿수가 늘어났어?!

하지만 나 혼자만 배를 채울 수는 없었다.

신난다!! 이 돈으로 무엇을 먹을까~?

두근 두근

다시 환율로 약 3000엔

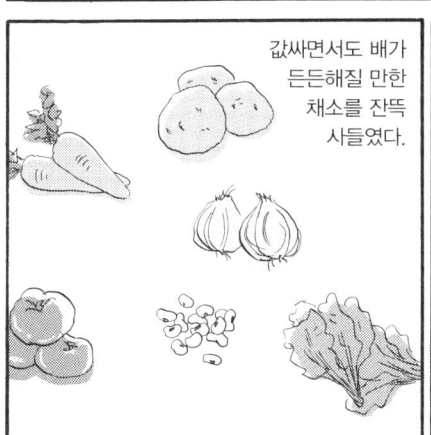

값싸면서도 배가 든든해질 만한 채소를 잔뜩 사들였다.

SUPER MERCATO

고기는 힘들겠지…

이 돈으로 배불리 먹으려면…

미네
스트로네
3일치!!

다 됐다!

보글
보글
보글

그리고 채소들을
대충 썰어서 냄비에
넣고 장시간
뭉근히 끓이기만
하면 되지!!

...귀
따가워
죽겠네

삐약

삐약

팟!

앗?!

춥고 비참할 때는
역시
미네스트로네야!!

몸도
마음도
훈훈해져
~

맛있다!

후루루룩

후아...

3일치
니까
아껴
먹어!!

좋겠네,
전기가
있어서...

맞은편 집의 따뜻한
불빛을 배경으로 먹는
미네스트로네의 맛은
아주 각별했다...

부럽다.

후르륵

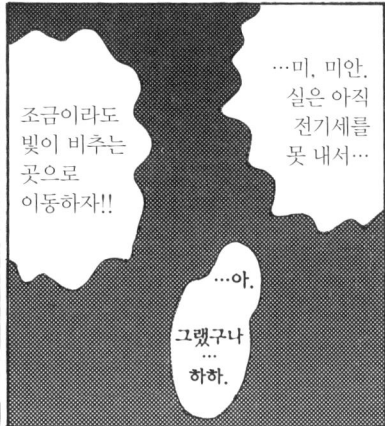

조금이라도
빛이 비추는
곳으로
이동하자!!

...미, 미안.
실은 아직
전기세를
못 내서...

...아.
그랬구나
...
하하.

16

Minestrone
미네스트로네

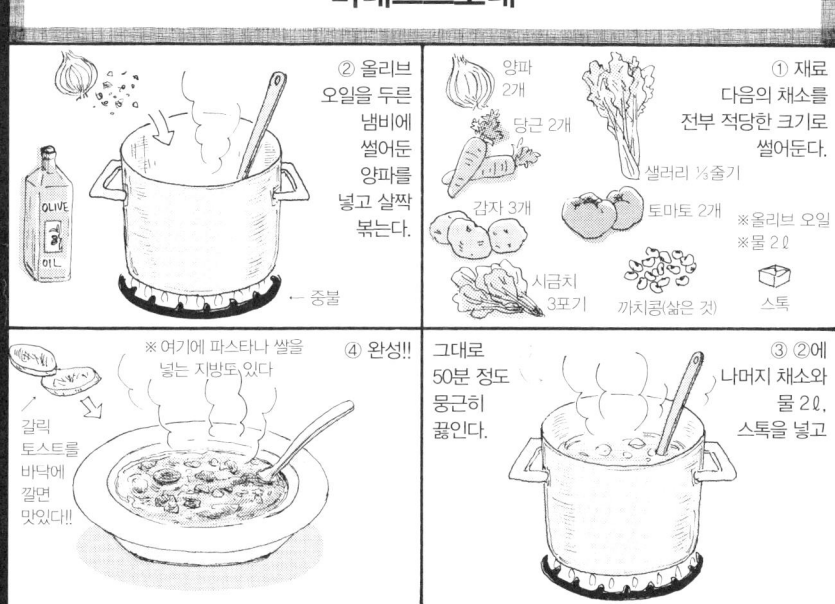

② 올리브 오일을 두른 냄비에 썰어둔 양파를 넣고 살짝 볶는다.

① 재료
다음의 채소를 전부 적당한 크기로 썰어둔다.

양파 2개
당근 2개
샐러리 ⅓줄기
감자 3개
토마토 2개
※올리브 오일
※물 2ℓ
시금치 3포기
까치콩(삶은 것)
스톡

④ 완성!!
※여기에 파스타나 쌀을 넣는 지방도 있다.
갈릭 토스트를 바닥에 깔면 맛있다!!

그대로 50분 정도 뭉근히 끓인다.

③ ②에 나머지 채소와 물 2ℓ, 스톡을 넣고

― 중불

마음을 달래주는 미네스트로네

지금도 나는 미네스트로네를 만들 때마다 이탈리아의 고달팠던 학생 시절을 떠올린다. 마치 전쟁통에 있는 사람인양 먹을 것이 있다는 것만으로도 얼마나 고마운 일인지 뼈저리게 느끼곤 한다.

만화 속에서도 언급했지만 당시 일본은 버블경제의 절정기였다. 당시 인기 있던 여배우들의 헤어스타일을 흉내내서 앞머리는 부풀리고 길고 찰랑찰랑한 스트레이트나 웨이브로 한껏 멋을 낸 아가씨들이 앞다투어 루이비통이나 구찌의 가방을 어깨에 걸치고 명품대국 이탈리아를 활보했다. 그와 반대로 나는 외국에서 온 이민자라는 오해를 받으면서 힘들게, 가끔 친절한 가게에서 '외상'으로 식료품을 구입해가며 연명하고 있었다. 식도락 대국 이탈리아에 살면서 먹고 싶은 것을 먹지 못하며 산다는 건 직접 경험해보지 않으면 절대 이해할 수 없는 고통이다.

하지만 그런 생활 속에서도 재료비는 싸면서 영양가가 풍부한데다 맛도 좋아서 황폐해진 마음을 달래주는 이탈리아 요리가 있으니, 그것이 바로 미네스트로네~ 위에서 이런저런 재료들을 언급했지만 채소면 뭐든지 상관이 없다. 이탈리아 요리처럼 만드는 비법은 샐러리를 넣는 것 정도일까. 한 솥 가득 끓여두면 두고두고 먹을 수 있다. 질리면 안에 파스타나 쌀을 넣고 끓여도 맛있다.

궁핍한 생활 속에도 식도락은 존재하니, 역시 이탈리아는 위대하다.

내 고향인 시칠리아에서는 그릴에 구운 참치와 토마토를 같이 끼워서 먹곤 해.

엄청 맛있어!

SICILIA

하우스 메이트 I. 로자리아

그리고 거기에 각 지방의 특색이 곁들여진다.

이탈리아에서 일반적으로 볼 수 있는 파니노의 종류.

← 생햄 & 모차렐라

← 햄 & 토마토, 삶은 달걀, 양상추

달걀프라이 →

기타 : 송아지 내장, 살라미, 참치 etc…

포장마차 아저씨

소의 막창 람프레도토

빵을 육즙에 적셔두어서 쫙쫙하다~ ♡

맛있어요!!

나는 피렌체에서 소의 위장을 삶은 '람프레도토 (Lampredotto)'를 끼운 파니니를 즐겨 먹었다…

남부에서는 매콤한 살라미를 끼워 먹지!!

NAPOL·

나폴리에서는 물소젖으로 만든 모차렐라, 토마토, 바질에 안초비!!

하우스 메이트 2, 3. 티나와 라파엘

파르마의 생햄에 파르메산 치즈의 슬라이스, 거기에 기름에 절인 버섯을 발사믹 식초 풍미로 부탁해요.

아, 기왕이면 살짝 데워 주시고요~

여기서는 토핑부터 양념에 이르기까지 하나하나 주문할 수 있다.

PANINOTECA
FIASCHETTERIA

딸꾹

안 녕

꾹~

← 내가 다니던 가게에서는 가볍게 한 잔 할 수도 있었다…

그 중에서 가장 마음에 드는 것은 단골이었던 '파니노테카 (파니노 가게 라는 뜻)'에서 팔았던 오리지널 파니노.

아저씨들 틈에 섞여서 감동을 나눈다.

…해… 행복해 …

이 이상의 사치는 없을 거구먼.

맛있는 파니노와 맛있는 와인!!

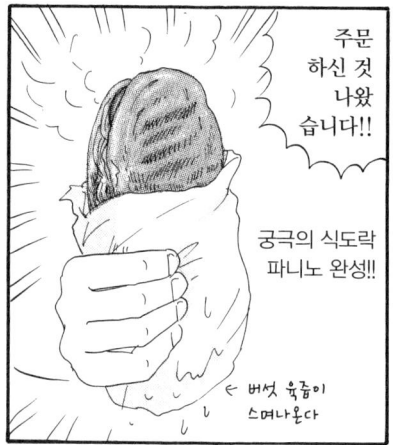

주문 하신 것 나왔 습니다!!

궁극의 식도락 파니노 완성!!

← 버섯 육즙이 스며나온다

텅~

도시락은 어떡해? 오늘 피크닉 가기로 했는데?!

이게 뭐야?! 냉장고가 텅텅 비었잖아!

…하지만 항상 이렇게 호화로운 파니노를 먹을 수 있는 것은 아니다.

✗ 우리들의 빈궁한 생활상에 대해서는 제3화를 보세요 ♡

보고도 못 본 척 ↓

일본식으로 말하면 히노마루* 도시락이네.

올리브 오일을 바르고 마늘로 향을 낸 다음 소금, 후추를 뿌렸어…

오물

오물

어떤 파니노든 야외에서 먹으면 맛있는 법이다.

그래도 나폴리 여자 티나가 지혜를 짜내어 독자적인 파니노를 만들었다.

슬슬 도시락 먹자 ↓

* 쌀밥에 매실장아찌(우메보시)만 올린, '일장기 도시락'.

Quattro Panini
네 종류의 파니노

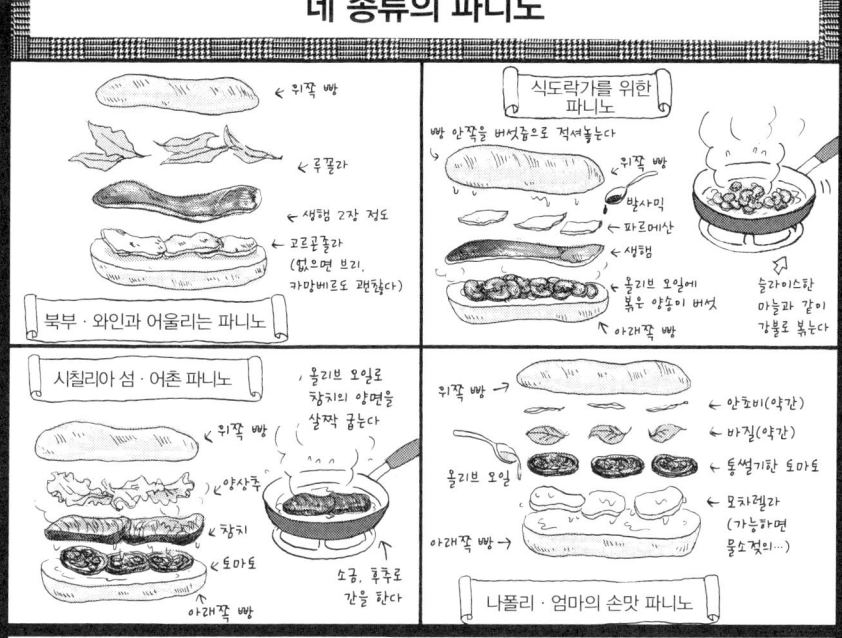

도시락의 왕국 일본

봄이 되면 음식을 싸들고 야외로 나가서 먹고 싶어지는 기분은 전 세계 공통인 모양이다. 야외활동을 즐기지 않는 이탈리아인들조차 화창한 휴일이 되면 산으로, 바다로, 들로 나가 피크닉을 즐기곤 한다. 식도락 천국 이탈리아에서는 그럴 때 어떤 '도시락'을 준비할까? 가장 흔한 것이 이번에 소개한 '파니노'다. 파니노 하나만으로는 단출하다고 생각하는 사람은 햄이나 치즈, 거기에 어울리는 와인도 챙겨가서 우아하게 피크닉 기분을 만끽하기도 한다. 하지만 그마저도 음식을 냉장고에서 바구니나 아이스박스로 옮겨 담고, 플라스틱 식기를 챙기는 정도로 모든 준비가 끝나는 셈이니 일본의 도시락에 비교하면 아주 간단하고 단순하다.

일단 야외로 나와버린 이상 먹을 것에 집착할 필요가 없다는 생각이 이탈리아인들의 의식 속에 잠재돼 있을지도 모른다.

그런 점에서 일본의 '도시락'은 참으로 뛰어난 문화다. 꽃구경이나 운동회 등에서 볼 수 있는 찬합도시락 같은 것은 이미 예술품의 경지에 이르렀다. 풍부한 계절감각과 색채를 눈으로 맛보는, 이런 도시락 문화가 깊이 발달한 나라는 세상이 아무리 넓다 한들 일본밖에 없지 않을까?

이탈리아인의 국민성을 생각하면 어디로 외출하기 전에 예쁘고 먹음직스러운 도시락을 시간과 정성을 들여 만드는 것은 불가능해 보인다… 우리 시어머니는 파니노 하나 만드는 것도 귀찮아하는 사람이니까.

menu
5

THE 일식!

어느 날 포르투갈의
우리 집으로 일본에서
보낸 소포가 도착했다.

와~! 뭐야?!
뭐야?!
과자?!

오?!
담당
마츠이 씨가
보냈네!!

아들
↓

두근
두근

묵직한
상자의
내용물은…

네가
좋아하는
돈카츠는

요석이
~

이게 없으면
먹을 수가
없다고!!
알았어?!
몰랐어?!

아야야

쭈우욱~

아…
알았어.

우와~,
빵가루가
두 봉지나!!

←나

퇴김용
빵가루

바삭
바삭
튀김

바삭하고 고소한

빵
가
루

바삭
바삭
튀김

퇴김용
빵가루

바삭하고 고소한

내용량

내용량

왜 빵가루를
가지고
요란법석인가
하면…

…엄마가
…도대체
왜
저러니?

감사합니다

짝

짝

짝

빵가루가
얼마나
귀하신
몸인데!!

엥~?!
이렇게
커다란 상자에
달랑
이것뿐이야?!

←아들

24

튀김옷은 전부 이걸로 만든다.

유럽에서는 입자가 곱고 모래처럼 보송보송한 빵가루가 주류로

PAN GRATTUGGIATO

내가 살고 있는 **유럽에는 존재하지 않는다…**

일본에서 돈카츠나 새우튀김의 튀김옷으로 사용하는 아주 **흔해빠진 '빵가루'**라는 물건은

새우튀김과 오징어링

돈카츠

크로켓

이탈리아에서 고학생으로 지내던 시절 견디다 못한 나는 여기에 간장을 쳐서 먹어보았다.

허억~!! 지금 뭘 뿌리는 거야?!

살짝 기대 ♡

찔끔~

이 음식을 볼 때마다 일본의 돈카츠가 생각나서 견딜 수가 없었다.

이탈리아에서는 이 보송보송한 모래 빵가루를 사용한 '코톨레타 알라 밀라네세 (Cotoletta alla Milanese : 밀라노식 소고기 커틀릿)'라는 음식이 있는데

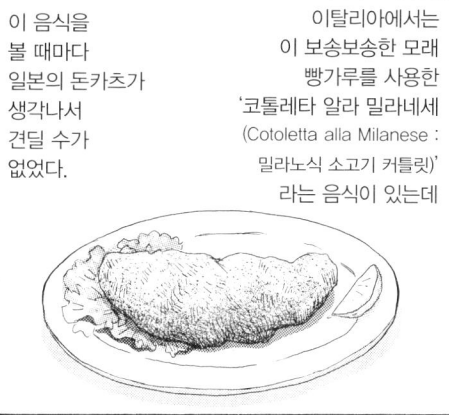

그래서 나는 결심했다…

바삭바삭한 맛이 하나도 없어!

아니야, 아니야, 이건 돈카츠가 아니야!

우르엥

하다못해 우스터 소스라도 있으면…!

오…

오물…

산더미 같은 생빵가루 돈카츠 열 장도 만들 수 있음 ♡

다 했다! 이제 말리기만 하면 끝이야!

빵을 잘게 찢어서 바싹 말리면 되는 거잖아?

직접 빵가루를 만들자!!

헤헤헷

찌이익

빵

찌이익

← 돈카츠에 대한 집념의 불꽃

어디 한 번 볼까~ 지금쯤이면 다 말랐겠지 ~♡

침실에서 두 시간 정도 쉬다가 빵가루의 상태를 보러 부엌으로…

우후후 ♡

째~앰
째~앰

8월

오늘처럼 살인적인 무더위 (40도)라면 순식간에 바싹 마르겠지 ☆

아~! 저 빵 잘게 찢어 놓은 것 말이지?!

그거 라면…

빵가루!

…뭘 찾는 거야?

빵가루가 사라졌어!!

하우스 메이트

어라?!

어디 갔지?!

그러나 빵가루는 온데간데 없었다…

어라?

26

역시 여름
보양식으론
판자넬라가
짱이지~ ♡

짜잔~

판자넬라는
빵을 작게
찢는 게 제일
귀찮은데
덕분에 쉽게
만들었어 ♡

이게 먹고
싶어서
빵을
찢어둔
거지?!

오늘 저녁 메뉴인
'판자넬라' 만드는 데
썼지 ♡

…그런 일이 있은
후로 빵가루는
내게 보석처럼
가치 있는 물건이
되었다는 거지.

현재

보라고~
이 고열 처리
빵가루의
찬란함!!

Buonissimooo

맛있어!

물론
무더울 때 먹는
판자넬라는
진미다…

하지만
돈카츠가
먹고
싶어…

음~
더위가
날아간다!!

…하지만
이건 이제
못 쓰잖아?

바닥에
먼지도
묻고…

으~악!
주워~ 한 톨도
빠트리지 말고
다 주워!

당연히
써야지!
못 쓰긴
왜 못 써?!

휘
잉

으악!

27

그리고
완성된 돈카츠!!

짜~잔!!

난 땅에 떨어진
아이스크림도
주워 먹은 적
있는걸 ☆

괜찮아!!
기름에 튀기면
멀쩡해
지니까 ☆

바스락
바스락

지글~

빵가루를 한 톨도 남김없이 묻히는 방법 ☆

재료의 맛을
모조리 끌어내는
것은 물론 자신의
맛을 뽐내면서도
조화를
망치지 않아...

...마치
현명한
아내 같은
빵가루...

빵가루

그래,
이제야 알겠어!!
일본의 빵가루는
단순한 튀김옷이
아니야...

꿀맛이야...

믿어져?!

이 꿈만
같은 맛...

무시
↓

바삭바삭
하면서도
어딘가 촉촉한
튀김옷!!

초밥, 회,
덴뿌라와 나란히
일본 요리를
대표한다고
할 수 있는
빵가루!!

우리 집 냉동실 안

그러나 아직까지
이 냉동 돈카츠를
해동시킬만큼
경사스런 일은
생기지 않았다...

저건 앞으로
경사스런 일이
있을 때를
대비해서
쟁여둘 거야!!

저기...
그렇다고
이렇게 많이
만들어서
어쩌려고?

Panzanella
토스카나 식 샐러드 판자넬라

물기를 짠다

✗아주 작게 찢으려고 애쓸 필요는 없다 ⇦

② 물이 담긴 볼 안에 찢어둔 빵을 10분 정도 담갔다가 꺼내서 물기를 짠다.

① 빵을 작게 찢는다.

재료(기준)

바질 약간

바게트 등의 빵 300g

오이 2개

소금, 후추, 올리브 오일, 발사믹 식초

잘 익은 토마토 3개 (큰 것이 좋다)

양파 1개

위에 바질을 장식한다 ↓

④ 소스가 잘 배도록 섞은 다음 접시에 옮겨 담으면 완성!!

이탈리아의 여름 보양식 ♡

③ 샐러드 볼 안에 재료를 넣는다.

적당히 썬 토마토

촉촉한 빵

통썰기한 오이

채 썬 양파

소스 적당량 (올리브 오일, 발사믹 식초 1~2큰술)

✗ 통조림 참치를 넣어도 맛있다

소스 이야기

유럽, 남미, 중동…… 지금까지 오랫동안 머물렀던 나라들에서 다양한 문화·풍습의 차이에도 나는 큰 어려움 없이 비교적 잘 적응했다. 그래도 목욕과 음식에 관해서만큼은 배터리가 다 떨어진 것처럼 일본이 그리워지곤 한다. 그래서 지인들이 보내주거나 어렵게 입수한 일본 음식은 밤에 꼭 부둥켜안고 자고 싶을 만큼 귀중한 물건이다.

그런 생활 속에서 결코 없어서는 안 되는 일본의 조미료는 '간장'이다. 일단 간장만 있으면 빵에 뿌려먹어도 스파게티에 뿌려먹어도 '일식'이라고 주장할 수 있으니까.

사실 이 '간장'은 옛날 일본을 드나들던 네덜란드 무역 상인들을 통해 일본에서 인도를 거쳐 유럽에까지 전해졌고, 그 결과 영국의 우스터셔 주(州)에서 '비슷한 물건'까지 제조되었다고 한다. 그것이 바로 '리어&페린스'라는, 작은 병에 든 소스였다. 그 소스가 메이지 시대의 일본으로 들어와서 다시 한 번 일본식으로 탈바꿈된 끝에 돈카츠에 뿌려먹는 우스터 소스가 되었다는 설을 독자 여러분은 아시나 모르겠다. 이 설이 사실이라면 우스터 소스가 원래는 간장이었다는 말이다.

그렇다면 만에 하나 간장이 떨어져도 이 리어&페린스만 있으면 간장 대신 쓸 수 있으려나? 국수장국을 만들거나 스키야키를 찍어 먹거나?

…무리겠지, 그건.

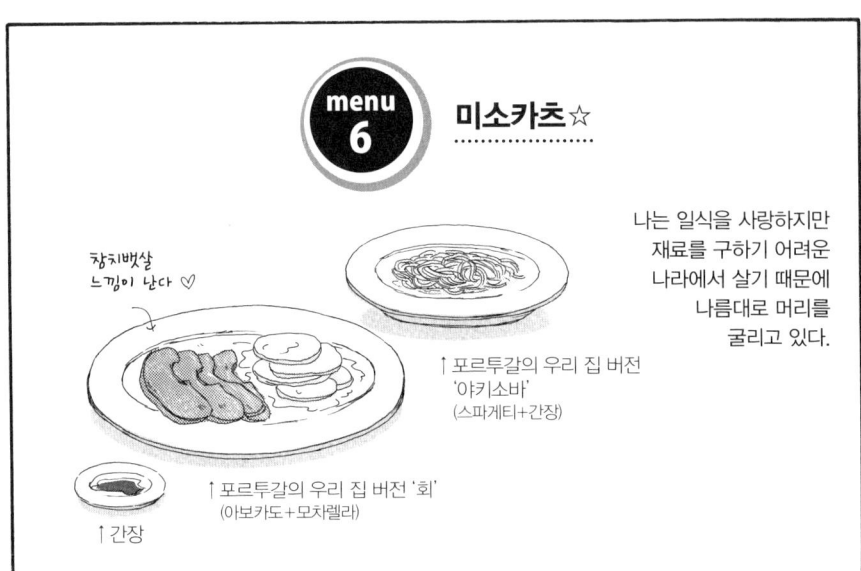

menu 6 — 미소카츠☆

나는 일식을 사랑하지만 재료를 구하기 어려운 나라에서 살기 때문에 나름대로 머리를 굴리고 있다.

참치뱃살 느낌이 난다 ♡

↑ 포르투갈의 우리 집 버전 '야키소바'
(스파게티+간장)

↑ 포르투갈의 우리 집 버전 '회'
(아보카도+모차렐라)

↑ 간장

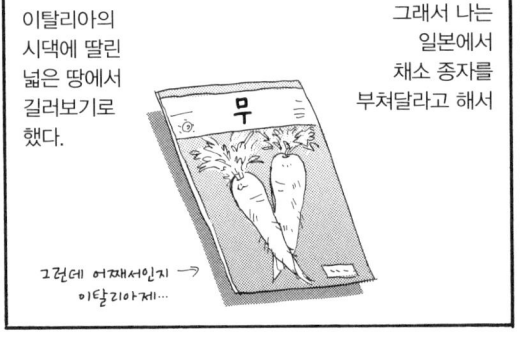

이탈리아의 시댁에 딸린 넓은 땅에서 길러보기로 했다.

무

그런데 어째서인지 → 이탈리아제…

그래서 나는 일본에서 채소 종자를 부쳐달라고 해서

나와 마찬가지로 일식을 좋아하는 가족들은 이걸로 그럭저럭 만족하지만…

…이런 창작요리를 일식이라고 착각하면 곤란한데…

우와~ ♡

와~아!! 오늘은 일식이다!

♡이탈리아인 ♡

남편 베피노

아들 데루스

시아버지 안토니오 ↓

여름휴가가 이탈리아에 머무는 중

아버님~ 제가 지난번에 보낸 종자는 잘 자라고 있나요~?

아, 잘 크고 있어!!

수북…

보려무나!
이 일대가 전부
네가 부탁한
채소야♡

네가 보내준
채소 종자가
분명한데?
봐라…

종자

배누

배…
배추?!

예…? 뭐, 뭔가요?
이 커다란 바나나
같은 이파리는…?

전 이런 거 몰라요!!

팔랑

게다가 슈
벌레
먹었잖아…

토양이 맞지 않았는지 기대했던
무 역시 시꺼먼 것이 도저히 사람이
먹을 수 있는 물건이 아니었다…

맛있어?! ♡

흙맛!!

우웩

콜록
콜록

크고 억센 것이
아무리 봐도
배추가
아닌데…?

…

이탈리아의
밝은 태양을 쬐고
이렇게 쑥쑥
자랐어♡

이런
식물은
도저히
못
먹어요…

후후 ♡

31

허억
허억 허억 허억
허억
...
허억
...

왜 미소카츠?
...

미...
미소
카츠?

미소카츠가
먹고 싶어!

아아.
맛있는
일본음식을
배 터지게
먹고 싶어!

같은 무릎
곁들인
생선구이

다이후쿠*
먹고 싶어!

* 다이후쿠(だいふく, 大福): 팥이나 밤 앙금을 채워넣은 찹쌀떡.

뭐?!
정말?!
그래도 돼?!

...그래... 그렇게
먹고 싶다면
둘이서라도
다녀와,
일본에...

나는
일 때문에
못 가지만...

다이후쿠는
사다줘

지난번에도
언급했지만
우리 가족은
전원 돈카츠를
좋아한다.

이름만 들어도
맛있을 것
같아...

일본에서
TV 방송을
녹화한 DVD를
보내줬는데
거기
나왔다고!!

MISOKATSU
AMORE!!

...이렇게
되어

미소카츠!!

맞아요~
2년 만이에요~
뭔가 맛있는 걸
먹으러 가요~
너무 신나요~

즉시
내 담당인
마츠이 씨에게
연락...

예?!
원하는
메뉴?
글쎄요...

잠깐!!
조바심 내지
말고 일본다운
이 정경에
눈을 돌려
보라고!!

거창~

미소카츠…
마츠이 씨…
미소카츠… 마츠이 씨…
미소카츠 마츠이 씨…
미소카츠.

츠츠

츠츠

츠츠

츠츠

약속 장소는
아사쿠사의
카미나리몬
아래.

마츠이 씨는
귀국 첫날
우리를
집으로 초대해
손수 만든
미소카츠를
대접하겠다고
약속했다.

의미
불명 →

마, 마,
마츠이 씨의
DS는 무슨
색인가요?!

저, 저,
저, 저기,
아, 아,
안녕하,
하세요.

블랙
…

우물쭈물~

인파 속에서
마츠이 씨
등장!!

안녕
하세요.

이윽고
약속시간이
되어…

오래
기다리
셨어요~?

앗,
마츠이
씨!

잘될지
어떨지
모르겠지만…

집에 도착하기가
무섭게 요리를
시작하는
마츠이 씨.

지글

지글

지글

야~옹

전
괜찮아요!!
맡겨
주세요!!

미안해요!
마츠이 씨도
바쁠 텐데
…

드디어
미소카츠
…!!

센소지를
가볍게
둘러보고
바로
마츠이
씨의
집으로!!

두근

두근

두근

두근

두근

마트에
들렀다

33

그리고 얼마 후…

두 분~ 식사 하세요!!

마츠이 씨는 청소를 전혀 안 하나봐♡

먼지 투성이야!!

뒤굴

우와, 꼭 내 집에 있는 것처럼 편하고 좋네.

뒤굴~

마츠이 씨가 음식을 하는 동안 빈둥거리는 우리 모자…

책어미

마츠이 씨가 추천한 〈닥터 후〉 감상 중…

재미있었다~!!

짧은 시간 동안…

두—둥

두부 된장국

퇴긴 가지 무침

아보카도와 참치 뱃살 무침

마츠이 씨의 미소카츠

갓 지은 밥

자, 사양 말고 마음껏 드세요!!

…니다…

잘 먹겠 습니다~

땀투성이

두근 두근

두근

이것이 바로 '미소카츠'란 말인가…!!

이… 이것이…

운명의 시간이 다가 왔구나…

모락

모락

34

오물

오물

오…

야암

응!! 정말 맛있어요, 마츠이 씨!!

아~♡ 다행이다~ 입에 맞는 모양이네~

아구 아구 아구 아구 아구 아구

요리하곤 담 쌓았을 것 같은데 대단해요!

끝~

내 준다!

비교적 직접 만들어 먹는 편이에요.

마츠이 씨는 바빠서 직접 음식을 안 할 거란 편견을 가지고 있었지만…

하지만 미소카츠를 만든 건 이게 두 번째라…

실은 좀 자신이 없었어요…

아들은 마츠이 씨에게 딱 달라붙어 있었다…

마츠이 씨. DS 해요.

응 같이 하자!

삣

나는 사진을 찍어 이탈리아에서 기다리는 남편에게 전송했고

후후, 부러울 거다~? 헤헤헤.

아… 으, 응…

더 주세요!!

← 전쟁 기아 같아 보임

마츠이 씨는 겸손을 떨었지만 미소카츠에 넘어간 아들은 컨트롤 불가능 상태…

쇼크

엣?!

회사?! 밤인데?! 미소카츠 다음에?!

벌써 밤 11시 인데요?!

아, 그럼 저도 회사로 돌아가야 겠네요.

← 저녁 잘 먹었어요~

그럼 우린 이만 가볼게요…

호앙~

즐거운 밤의 한때는 쏜살같이 지나갔고 적당히 돌아갈 때다 싶어서

큰 큰

돌아가는 만원전철 안에서도 충격 받은 아들…

큰~들

큰~들

맛있는 건 먹고 싶지만 일본에서 살 자신은 없어…

데루스, 다음에 또 보자!!

바이

바이

일본의 커리어우먼 마츠이 씨가 일하는 모습에 충격을 받은 아들…

…

마츠이 씨, 오늘은 정말 고마 웠어요.

← 포르투갈의 궁벵이

다시 신바시의
돈카츠 가게에서
돈카츠.

크고 두툼한 고기가
살 떨릴 만큼
맛있었다...

이것도
사진...

히레
카츠
→

모각

모각

덜 덜

이밖에
우리가
일본에서
먹은
'진수
성찬'.

진짜
맛남!!

TEAM
NACS
소속 배우
모리자키 씨
↓

간사이
것보다
맛있어요
!!

빠글빠글
파마의
여주인

많이들
먹어요!

오타
구(區)의
오코노미
야키 가게
후쿠타케'.

맛집기자
사토나미 씨

부인

따님

사진
♡

치미일

만화가
친구들과
함께
한국 불고기.

우설구이
죽여
준다!!

비빔밥
최고!

야스다 씨

히악~

나

세리타 씨

사소 씨

원 없이
먹어요!!

마츠다
씨

미사키 항구의
'마루이치'에서
시칠리아를
체험!!

꺄악~!
맛있겠다~!

힉~
미사키에
시집오고
싶어~

친구
N씨

사진

눈동글

쭈지찌미
(별미인 간도 같이)

부드러운 문어

참치의 혈합육 조림

최고!

맛있어 보이는 사진만
보내다니 날 약올려
죽일 셈이야?!

버럭~

...그리고
이탈리아의
시댁에
남아 있던
남편은
격노...

일식 애호가
남편을
다음엔 꼭
데려와야겠다...
미안.

이... 이런
솥이 존재
했다다니!

만화가
마츠다 히로코 씨
댁에서 먹은
돌솥밥...
끝내준다!!

최고입니다...

어때요?
이거...
최고죠?

잘잘

윤기가

마츠이 씨 특제 미소카츠

소금

휜깨

③ 물이 졸아들면 소금을 넣어 간을 맞추고 흰깨를 넣는다.

이것을 튀겨낸 돈카츠 위에 뿌리고

참고로 저는 본고장 나고야의 미소카츠를 먹어 본 적이 없어요♡

완성♡

AMORE…

뚜끔

뚜끔

돈카츠 고기에 소금, 후추, 그리고 '산초가루'를 뿌려 밑간을 해두는 것이 마츠이 씨만의 비법이다.

미소카츠 소스의 재료

핫초미소* .... 대충
설탕 .... 2큰술 정도
육수 1½ 정도
술 1컵
소금 적당량
흰깨 조금

미소

설탕

포인트는 전부가 '눈대중'이란 것이죠♡

SAKE

① 미리 만들어둔 육수에 술을 부어 섞고

② 핫초미소와 설탕을 넣고 끓인다.

일본의 마트

일본만큼 식문화가 풍부한 나라는 세상이 아무리 넓어도 찾아보기 힘들지 않을까?

일식뿐만 아니라. 중식에서 이탈리안에 이르기까지 세상에서 맛있다고 칭송이 자자한 재료를 쉽게 손에 넣을 수 있다. 수입되는 파스타나 올리브 오일은 이탈리아에서도 맛있기로 유명한 브랜드의 것이고, 과자나 음료수가 신제품으로 교체되는 속도 또한 현기증이 날 만큼 빠르다. 이런 상황에 익숙해지면 포르투갈처럼 몇 번만 들락거리면 어떤 상품을 파는지 빤히 외울 수 있는 마트밖에 없는 나라에서 사는 것이 몹시 불편해진다.

이번에 일본에서 머무르는 동안 도대체 몇 번이나 마트에 갔는지 모른다. 다음에 언제 또 일본에 올 수 있을까? 그때까지 마음의 위안으로 삼기 위해서, 매력적인 이름의 상품이 주르륵 놓인 진열대 앞에서 황홀경에 빠진 채로 몇 시간이고 떠날 생각을 하지 못했다. 이 상품들을 모조리 들고 돌아갈 수 있다면 얼마나 좋을까, 그런 생각을 하면서…

그리고 결코 빠트릴 수 없는 것이 편의점. 24시간, 언제든지 '고객의 주린 배와 그 밖의 욕구를 채워드리겠다☆'는 훌륭한 서비스 정신과 마음가짐을 내세우는 가게는 기본적으로 일하기 싫어하는 라틴국가에서는 생기기 힘들다.

아들 데루스의 꿈은 장차 부자가 되어 세계 어디에서 살든지 간에 일본의 편의점을 자기 집 옆에 세우는 것이라고 한다. 꼭 그 꿈을 이루었으면 좋겠다. 엄마가 열심히 응원할게.

---

* 핫초미소 : 아이치현 오카자키 지방의 검붉고 짠 된장.

menu 7 뭐니뭐니해도 버섯이 최고

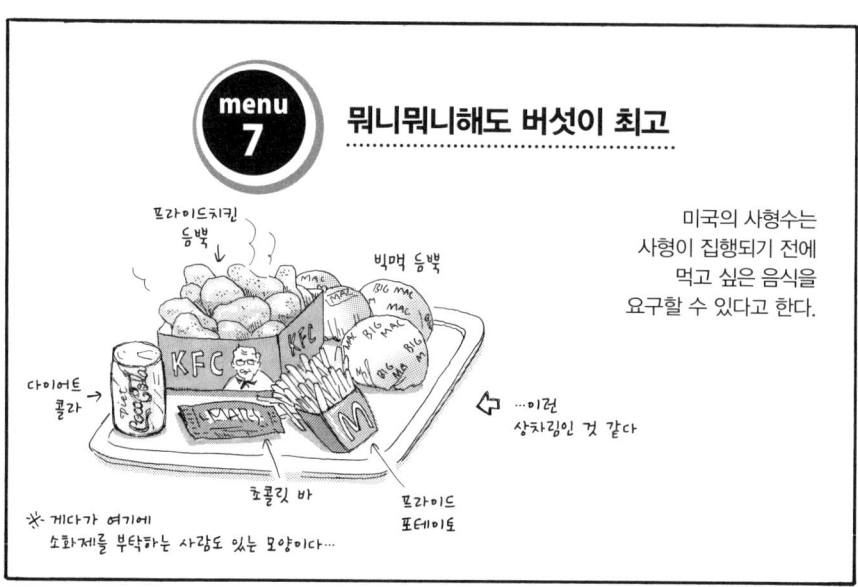

미국의 사형수는 사형이 집행되기 전에 먹고 싶은 음식을 요구할 수 있다고 한다.

프라이드치킨 듬뿍
빅맥 듬뿍
다이어트 콜라
KFC
…이런 상차림인 것 같다
초콜릿 바
프라이드 포테이토
※ 게다가 여기에 소화제를 부탁하는 사람도 있는 모양이다…

난 무서워서 아무것도 못 먹을 거야…

…왜, 왜 그런 무서운 상상을…

나라면 미소카츠와 포테이토칩 콩소메펀치 맛이야!

하지만 굳이 말하자면 미소라멘과 다이후쿠…

← 남편

← 아들

이 기사를 신문에서 읽었을 때 나는 내가 사형수라면 어떨지 입장을 바꿔 생각해보았다…

…라고 외치곤 하는데 지금까지 먹어본 맛있는 음식 중에서 딱 한 가지만 선택하라고 한다면…

죽기 직전에 먹고 싶을 만큼 맛있어!!

나는 맛있는 것을 먹을 때 입버릇처럼

최후의 식사인가…

소름끼치는 상상을 하면서 어떻게 웃을 수 있지?

버섯…

…당신이 미국의 사형수라면 그 소원을 이루지 못할 거야…

우후후

갓 채취해서 신선한 이탈리아산 포르치니 버섯의 그릴구이를 고르겠어 ♡

트러플(송로버섯), 송이버섯과 나란히 세계에서 가장 진귀하다는 **버섯계의 왕**이다.

포르치니, 그것은…

최근에는 중국산이 많이 유통되고 있다고 한다.

일본에서도 냉동이나 말린 포르치니라면 입수할 수 있는데

PORCINI SECCHI

시장에서 유통되는 포르치니는 전부 자연산이다.

트러플이나 송이버섯과 마찬가지로 인공재배가 되지 않기 때문에

레스토랑의 셰프가 직접 찾으러 나서기도 한다

헉헉

헉헉

거… 겨우 발견했다 …

그릴 구이!!

내가 좋아하는 것은 뭐니뭐니해도 '생' 포르치니의

두~둥!!
치이이익~

하지만!

포르치니는 버터나 생크림과 궁합이 좋아서 리소토나 파스타에 곁들여도 맛있다…

이건 건조 포르치니라도 ← OK

ㅇ…ㅁㅁㅁ

형용 불가능 …

그리고 안에서 풍겨 나오는 향기도 좋고…

잘린 단면에서 스르륵 흘러나오는 '육즙'도 좋고

물컹

나이프로 자르는 감촉도 좋고…

뭣?!

엄마가 늙어서 다 죽어가면 포르치니를 입 안에 집어넣어! 알았지?

↑ 간단 유언

포르치니가 입에 들어 있는 동안이라면 아마 어떤 악담이나 욕설도 참을 수 있을 것 같다…

궁벵이 말미잘 무좀환자

못난이 멍청이 열간이//

더 욕해도 아무렇지도 않지롱♡

응응 맛아☆

싫어,
진짜 싫어!
쪽팔려서
싫어~!!

쪽팔려…?

맛있죠?

엄마?
드세요,
포르치니
예요!

오물
오물

허으
허으.

알프스에
간다고오?!

뭐라고?!

그 소식을
들은
시아버지의
반응이
심상치
않았다.

이쯤에서 화제를 바꿔서…
9월 초에 우리 가족은
북이탈리아의 알프스로
5일간 바캉스를 가게 되었다.

공기가
맑아서 완전히
하이디의
세계지!!

남편이
어릴 적부터
자주 갔던
장소

※나와 아들이
한 달 간 일본에
가 있는 바람에
소외됐던
남편의 제안.

그것?

슬슬
산기슭에
그것이
나기 시작했을
게야~

그…
그래~?
거기에
간다면

하지만 난
일 때문에
못 가…

안절
안절
부절

뭔가요,
그것이
…?

포르치니가
자생하고
있다
고요?!

에에잇~?!

속닥 속닥

9월경부터
슬금슬금
각종 버섯이
자라나기
시작하는데
운이 좋으면
포르치니도
발견할 수
있다는
말씀이었다.

스위스

오스트리아

여기 ♡

슬로베니아

시댁

밀라노

베네치아

이탈리아 반도

프랑스

지중해

아드리아 해

그렇다.
우리가
가기로 한
북이탈리아
주변의
숲속에는

그리고
드디어
산에 도착…

오오~!

그러나 지자체에서 발행하는
허가증이 없는 사람이
포르치니를 채취하면 안 된다고…
(그걸 지키는 사람들이 몇이나
있는지는 알 수 없다)

저기…
외국인이라
몰랐다고
우기면…
안 될까?

버럭

아버지,
마리에게
이상한 정보를
알려주지
마세요!

응?

우선은 산에 산책하러 가보자!

그렇지만 좀 선득선득 해.

공기가 정말 맑고 깨끗해!!

겨울 냄새가 나네...?

후아~

그 책은 초원에서 독서라도 할까~ 싶어서 가져왔을 뿐이야.

아, 아니야~ 나는 '포르치니'를 찾으려는 생각이 절대로, 눈곱만큼도 없거든?

...저기, 마리... 혹시 버섯 따러 갈 생각은 아니겠지?

뭣?!

버섯도감

화들짝

그때 우리 옆으로 커다란 포르치니를 손에 들고 신난 모자가 통과...

행복의 아우라

얼른 집에 가!

아빠가 좋아 하겠다♡

온갖 버섯이 한가득

눈이다!

게다가 갑자기 올해 첫눈이…
(주 : 9월 3일)

저 근처에서 버섯 냄새가!

버섯 냄새가!

그것을 목격 하자마자 내 자제심은 완전히 날아갔다…

마리~, 어딜 가는 거야? 위험해!

데굴 데굴

버섯 타령 하고 있을 상황이 아니었다…

모두! 흩어지면 안 돼!!

처음에는 한두 송이 떨어지던 눈이 어느덧 눈보라로 변했고…

추워~

앞이 보이질 않네?! 새하얘!!

나무 둥치에 불룩하니 눈 덮인 포르치니의 실루엣이!!

앗!!

바로 그 때…

휘이이이이이잉

응?!

...드... 드디어... 발견했다...

툭, 툭

머리 뭐 하는 거야 이봐~

...꿈 속에 그리던 포르치니...

휘이이이잉

찾았다!

이건 내 거야~!

휘오오오오...

...책을 가져온 보람이 있어서 다행이네...

흠~ 이 버섯은 먹으면 환각을 볼 수 있다네~ 굉장하다~

그런데 빨리 하산하지 않으면 조난당할걸?

오오~ 그렇구나~

팔락

팔락

포르치니 발견을 위한 대장정은 길고도 험난했다...

새빨갛고 하얀 사마귀... (같은 혹들이...)

귀요미~♥

Risotto ai Funghi Porucini
포르치니 리소토

쌀을 넣고 볶는다.

화이트 와인도 부어 알코올을 휘발 시킨다

다진 포르치니와 다진 양파를 넣고 볶다가

달군 냄비에 버터를 녹이고

② ①

재료와 기본 손질

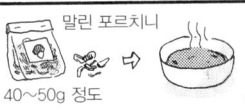

말린 포르치니

40～50g 정도

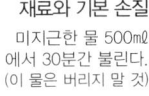

미지근한 물 500㎖ 에서 30분간 불린다. (이 물은 버리지 말 것)

양파 1개는 잘게 다진다.

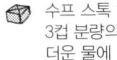

수프 스톡 1개를 3컵 분량의 더운 물에 녹여둔다.

• 쌀 350g (안 씻어나온 쌀이 좋다)
• 생크림 100㎖
• 화이트 와인 ½컵
• 파르메산 적당량
• 버터 적당량

④ 완성!

※위에 다진 파슬리를 뿌리면 보기에도 좋다

③ 쌀이 알덴테로 익으면 생크림과 파르메산을 넣고 불을 끈다.

냄비에 포르치니 불린 물과 수프를 섞은 물을 조금씩 붓는다.

버섯 이야기

전 세계의 수많은 인종 중에서도 일본인의 버섯 사랑은 유별난 것 같은데, 추측컨대 조몬시 대부터 버섯을 즐겨 먹었던 모양이다.

고대 로마에서도 버섯은 사람들에게 가장 인기가 많던 식자재 중 하나였던 모양이지만, 혀 가 고급이 될수록 미식에 대한 욕구는 점점 강해져갔다. 그들은 독이 있는지 없는지 온갖 버 섯을 가지고 실험해보다가 결국 트러플(송로버섯)을 발견하는 데 이르렀다. 트러플을 포함한 대부분의 버섯은 외양이 시꺼멓고 거부감이 들기 때문에 맨 처음으로 먹어본 사람은 상당한 용기가 필요했을 것 같다. 인류 최초로 멍게나 해삼을 입에 대었던 사람 못지않게 말이다.

이번에 내가 발견한 새빨갛고 귀여운 광대버섯도 사실은 과거 북유럽 바이킹에게는 중요 한 식자재였다고 한다. 특히 노략질을 떠날 때 이 광대버섯을 듬뿍 먹고 환각에 빠진 흥분 상태에서 적들과 싸웠던 모양이다. 시베리아 어떤 민족의 샤먼도 이 광대버섯을 먹고 제사 를 지냈던 모양이고, 일본 어느 곳에서는 여전히 이 버섯을 몰래 먹고 있는 게 아닌지 의심 스럽다⋯

이러쿵저러쿵 말이 많지만 아직도 수요가 있는 귀요미 버섯. 충동적으로 밟아 뭉개지 말고 기껏 발견한 김에 가지고 돌아와 바이킹처럼 먹어볼 걸 그랬나⋯⋯?

독이 들건 아니건 버섯은 인간의 문명에 대해 이야기할 때 빠트릴 수 없는 귀중한 식자재다.

menu 8 이탈리아의 연말연시

경사스러운 날이나
특별한 날='폭식하는 날'이라는
방정식은 아마도
전 세계 공통일 것이다.

이걸 혼자서
다 먹어보는 것이
어릴 적 꿈이었다

HAPPY♡

크리스
마스니까
괜찮아

필연적으로 연말의
일본 국민에게
폭식을 강요하는
악마의 유혹

마치 세상의 종말이 들이닥친 것처럼
각 가정에서는 식료품을 사재기한다.

그득★

당연한 일이지만
식도락 천국
이탈리아에서도
연말연시 기간에
국민들이 먹어치우는
음식량은 장난이
아니다…

마트가 텅텅
비는 일도…

…

저기
…

저게…
뭐지?

예를 들자면
북이탈리아에
있는
우리 시댁.

워킹
홀리데이
왔어요~

마트에서 조달해온
식료품만으로는
부족하다는 집도
상당히 많다.

혹은 귀성
이라고도 하지…

아무도
안
나오네?

우리 왔어요~

야옹

이건 창자 같은…

이건 내장 같고…
↓

살색의
고기 덩어리
↓

벌컥

기다렸어~

어머나~
어서들
와~라!

허억

허억

50

언제들 왔냐~!!

앗!

너희들, 왜 그래?

어… 어머니 서서서설마…

기, 기어코…

다들 얼른 짐 내려놓고 거들어라.

바빠 죽겠어~

그럼 저 고기 덩어리는 도대체 …?

아버님!

사… 살아 계셔 다행…!

서둘러! 얼른 준비를 끝내자!!

그러면 이 고기로 무엇을 하는가…?

왜 고무장갑까지 껴야 하나요…?

그것은 돼지고기였다…

근처 농장에서 반 마리만 사오셨다고 한다 ♡

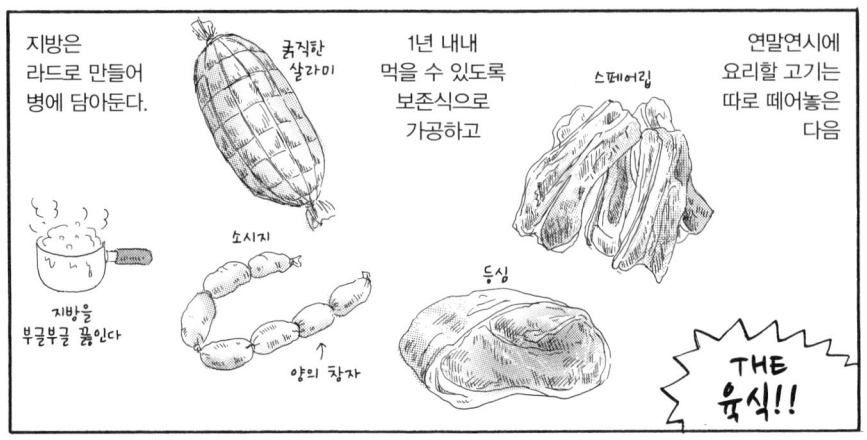

지방은 라드로 만들어 병에 담아둔다.

지방을 부글부글 끓인다

굵직한 살라미

소시지

← 양의 창자

1년 내내 먹을 수 있도록 보존식으로 가공하고

스페어립

등심

연말연시에 요리할 고기는 따로 떼어놓은 다음

THE 육식!!

역시 워킹 홀리데이…

…

자아, 이제 크리스마스 요리를 준비하자!

살라미나 소시지는 지하에 있는 저장고에 보관한다.

이런 것 말고 크리스마스 트리나 장식하고 싶어…

토르텔리니[2] 수프

돼지 앞다리 소시지 '잠포네'

토로새[3]의 로스트

렌틸콩 조림

그리고 다음날 점심부터는…

고단백질 · 고칼로리!!

해산물 프리터[1]

농어 그릴 구이

모시조개 스파게티

12월 24일, 크리스마스 이브에는 기독교의 상징인 생선을 먹는다.

1) 프리터(fritter) : 튀김
2) 토르텔리니(tortellini) : 반지 모양의 파스타
3)호로새 : 색시닭이라고도 한다.

12월 26일 이후

스펙 (북이탈리아의 생햄) 400칼로리

연어크림 소스의 감자 뇨키 600칼로리

옥수수 폴렌타*와 굴라시 800칼로리

연말연시에는 빠지지 않고 등장하는 과자 판도르 (혹은 파네토네)

굴라시는 비프스튜와 비슷하게 생긴 북이탈리아 요리

한 조각 700칼로리

* 폴렌타(polenta) : 옥수수 가루로 끓인 죽. 북이탈리아 요리.

새해가 되면…

크로스티니 (카나페의 일종) 400칼로리

송아지 스테이크 800칼로리

라자냐 600칼로리

디저트 북이탈리아의 명물 몬테 비앙코 (몽블랑) 500칼로리

잘 잤니, 마리…?

그리고 설 연휴가 끝날 무렵…

더 이상 늘어날 수 없어!

NOOOO!

힘들어 죽겠어!

한계야…

아마도 이 기간 동안 이탈리아 전국의 위장들이 비명을 지르고 있을 거다…

오늘부터
다이어트에
들어가요!!

휴가라고 들떠서
과식하지 않도록
조심하지 않으면
안 된다…

우리 시아버지 안토니오를 포함
이탈리아의 전 국민이 1년 중
가장 뚱뚱해지는 시기인 것이다…

더군다나
시아버지 안토니오의 경우
혈당치가 높기 때문에
특히 요주의 대상…

꺄악~!

혼자서 수박 한 통을
다 먹고 기절한
적도 있다…

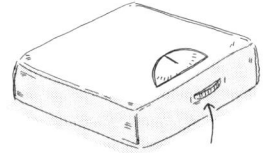

체중계에 올라갈 때마다
눈금을 맞춰당시고 괜히
이 나사를 조절한다

건더기는
작은 파스타…

당근, 샐러리, 감자, 양파 등 채소를 우려낸 수프.

첫 번째 접시
PRIMO PIATTO

자,
이건
당신
몫.

블랙커피.

구운 사과와 유아용
핑거 비스킷 2개.

겨… 겨우
이것뿐?!

디저트
DESSERT

수프를 우려내고
남은 채소에
올리브 오일.

메인
SECONDO PIATTO

잠시라도 눈을 떼면
숨어서 몰래 먹기 때문에
시어머니의 음식관리도
철저해진다.

빵도
안 돼요!

빵…

…

…
그 파네토네
맛있겠다
…

후룩

신년 휴가가 끝나고
얼마 동안은 기분 탓인지
사람들의 낯빛이
하나같이 파리하고…

비틀   비틀

아마도 이 기간 동안
이탈리아 전국의
위장들이 공복으로
슬픈 비명을 지르고
있을 것이다…

난 더
먹고
싶다고!!

HO FAME !!!

* HO FAME : "배고파"

한편 이탈리아
음식 중에서 다이어트에
효과적이라 여겨지는
것은 다음과 같다…

PASTA

파스타
30~35회 씹으면
효과가 있다고 한다.

OLIO OLIVA

**올리브 오일
(엑스트라 버진)**
혈액 속의 지방을
분해하는 효과가 있다.

파르메산
치즈 칼슘과
비타민A가 풍부.

다이어트의
의미가 과연
있는지
없는지
미묘한
것이
이탈리아의
식생활이다
…

양고기
반 마리
주문하고
와야지!

겨울에 만들어둔
살라미와
소시지를 실컷
먹을 수 있어.

얏호~

후다닥

원래대로
돌아온
안토니오

자아~
이번에는
부활절
준비야!

그러나…
설이 끝나고
몇 달 후면
또 식도락의
대축제가!!

부활절은
매년 3~4월
무렵

Monte Bianco
이탈리아식 몽블랑 몬테 비앙코

냄비에 밤, 생크림, 설탕, 럼주를 넣고 4~5분 끓인다.

① 밤을 으깬 후

밤 페이스트

재료

삶은 밤 200g
(설탕에 조린 밤을 사용해도 OK)

설탕 150g(설탕에 조린 밤을 쓸 경우는 조절)

생크림 50~70㎖
(남는 생크림은 거품을 내어 데코레이션에 사용)

럼주 약간

몬테 비앙코
(하얀 산)
완성!

③ 남은 생크림은 거품을 내서 눈처럼 위에 끼얹는다.

없으면 접시에 볼록하게 쌓은 후 포크로 표면을 긁어 '산처럼' 줄무늬를 낸다.

이런 조리기구가 있으면 편하지만…

② 완성되면 접시에 옮겨 담는다.

꾸욱~

(이탈리아인은 대부분 이렇게 만든다고 생각한다)

이탈리아, 식도락 천국의 실태

지금이야 이탈리아라고 하면 온 국민이 1년 내내 맛있는 것만 실컷 먹고 산다는 식도락 천국의 이미지가 세계적으로 정착되어 있지만 현실은 그렇지 않다. 적어도 내가 이 나라에 처음 발을 들여놓았던 25년 전의 이미지는 현재와 많이 달랐던 것으로 기억한다.

내가 처음 이탈리아에 도착한 날, 홈스테이 가정에서는 환영의 뜻을 담아 볼륨감 있는 풀코스 요리를 대접해주었다. 술잔을 다시 채워주듯이, 먹어도 먹어도 자동으로 빈 접시에 음식이 채워졌다. 일본인답게 'NO'라는 말을 못하는 나는 태어나 처음으로 과식으로 기절하기 일보 직전까지 갔다. "매일 이렇게 먹어야만 한다면 이탈리아에서는 죽어도 못 산다!"는 약한 소리가 절로 나왔다. 그러나 다음날부터 그 집의 식탁은 180도 변모했다. 심플한 콩소메 수프에 메인은 달걀 프라이와 샐러드뿐. 하루에 한 번은 반드시 토마토 소스나 버터와 파르메산 치즈에 버무린 파스타. 그런 음식만 식탁 위에 올라왔다.

당시 TV에 방송되었던 냉동 라자냐 광고 중에 이런 것이 있었다. 식탁에 앉아 있던 어린 소녀가 자기 앞으로 날라져온 조리된 라자냐를 보고 "어? 오늘은 일요일이 아니잖아요?"라며 놀라는 내용이었다. 즉 라자냐처럼 엥겔지수가 높고 만드는 데 손이 많이 가는 요리는 일요일이나 명절에만 등장한다는 것을 알 수 있다.

지금도 일요일을 포함한 명절에는 평소보다 호화로운 요리를 먹는 풍습이 유지되고 있지만 평소의 식사는 아주 소박하다. 그것이 이탈리아 식생활의 실태라고도 할 수 있다.

menu 9 이탈리아 요리의 진실!

대부분의 사람들과 마찬가지로 전 '먹는 것'은 좋아해도 '만드는 것'은 귀찮아서 싫어해요.

꼬대 로마 스타일 입니다

안녕하세요. 야마자키 마리입니다.

재료가 하나도 없습니다.

소스 야키소바가 먹고 싶으니 즉각 만들어 오너라!! (정통 간사이식)

무조건 그걸 먹어야 속이 후련해 진답니다!!

하지만 일단 머릿속에 먹고 싶은 음식이 떠오르면

여봐라, 노예!!

짜작

짜작

재료가 없다고 …?!

없어?

59

ㄲ… ㅇㅇㅇ윽…

…우린 요리할 줄 몰라요.

재주껏 적당히 만들어서 가져와!!

그렇지 않으면 사자밥으로 던져줄 테다!!

나도 배고파.

버럭~

그러나 막상 야키소바를 만들려고 해도…

집에 있는, 그럭저럭 대용할 수 있을 것 같은 재료들…

SOY SAUCE 간장

중국인마트에서 산 간장

……

리크(두꺼운 것)*

…이게 바로 내가 요리를 하는 이유다…

알았어, 알았다고!! 내가 만들면 되는 거지?!

크악~

신난~다 ♡

GLORIA!!

VIVA!!

미처 말하지 못했는데 나는 지금 포르투갈에 살고 있다. 얼마 전까지는 이탈리아에서 살았고…

…하다못해 소스… 소스라도 있다면…

여기가… 여기가 일본 이었다면!!

축욱

PORTUGAL!!

남편 이탈리아인

CIAO

제기랄, 쓸모없는 인간들!

궁금하신 분은 『맹렬! 이탈리아 가족』을 읽어 보세요 ♡

---

* 리크(Leek) : 백합과 식물로 지중해 연안이 원산지이며 채소 또는 관상용으로 재배한다.
줄기는 파와 비슷해 굵고 연하며 희지만 길이가 짧다. 잎은 파보다 크지만 납작하고 중간이 꺾여서 늘어진다.

주머니를 탈탈 털고 아이디어를 긁어모아 조금이라도 맛있게 먹으려고 노력했다…

하우스 메이트였던 비슷한 처지의 고학생들과

이것뿐인가…

…

그래도 식탐만큼은 건재했다…

이탈리아 유학 시절 늘 생활고에 시달렸지만

아아~ 스테이크 맛있겠다…

미술학도 였다

두~둥!!

Spaghetti
Aglio, Olio e
Peperoncino

장담했던 대로 티나는 초라한 재료만 가지고도 맛있는 요리를 만들어냈다.

* 스파게티 알리오 올리오 페페론치노

괜찮아!! 이탈리아 요리는 원래 큰돈이 들지 않아!

나에게 맡겨!!

남이탈리아 나폴리 출신 티나 ♡

타~악

이탈리안 레스토랑이 우후죽순으로 늘어나 있어서 놀랐다…

뭐야…?! 일본에 이탈리안 레스토랑이 왜 이렇게 많아?!

RISTORANTE
ITALIANO

이탈리아

오랜만에 일본에 귀국해보니… (1995년 경)

빈궁한 이탈리아의 식생활에 익숙해지고 10년이 지나

캑…!

menu

친구와 같이 그 중 하나의 레스토랑 중 들어가 보았는데…

일본인

부온 조르노, 부오나 쎄라.

이… 일본인뿐인데 웬 이탈리아이?!

응…?

소곤

소곤

소곤

…저… 저기, 우리끼리 이야기인데… 이 스파게티의 원가는 아마도…

이 가게 맛있기로 유명해!!

…티나가 만들던 페페론치노 스파게티가 여기서는 1,500엔?!

MENU
PRIMO

흠, 그거 재미있을 것 같군!!

…그런 특이한 친구가 있는데…

내 이야기를 와이드 쇼 프로듀서에게 해보았더니…

친구는 지방 방송국에 근무했다.

그래~?

예를 들면 이거랑 이거는 냉장고에 남아 있는 재료로도 얼마든지 만들 수 있어…

돈을 긁어 모으겠네~

이건 220엔만 있으면 충분하고…

62

하지만 먹고살려면 뭐가 됐든 일을 하지 않으면 안 된다…

하… 할 수 없지…

방송국

하아~

사실은 무척 소심자…

T… TV에 나가라고?!

그것도 요리를 하면서?!

기획이 통과됐어… 에헷

…일이 그렇게 됐어☆ 에헤헤…

ME!!

좋아하지도 않는 요리를 선보여도 되는 건가?!

이런 곳에서 요리연구가도 아니고 자격도 없는 내가…

게다가 이 프로 한 번도 본 적이 없어…

생방송 ♡

OTV

번쩍

허억

허억

이번에는 만화가 야마자키 씨가 소개해주시는 쉽게 만들 수 있는 이탈리안입니다♡

그리고 마침내 때가 되었다…

보실까요

아나운서 두 사람이 격려해주었지만 효과는 제로…

맞아요, 평소처럼 하시면 돼요!!

긴장할 것 없어요~

허억

허억

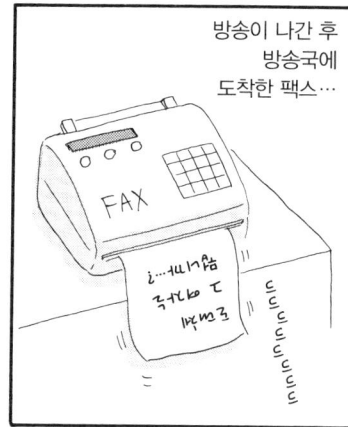

방송이 나간 후 방송국에 도착한 팩스…

FAX

그… 그래요…?

레스토랑에서는 1,000엔 이상의 가격을 붙이지만 사실 원가는 200엔도 안 할 걸요?!

엄청 바가지를 쓰는 거라니까요!!

요리가 끝나자마자 내 혀는 매끄러워졌다…

잔소리 모드

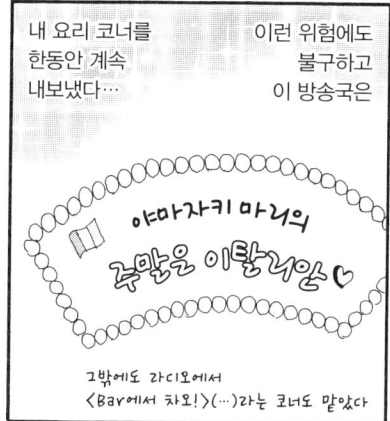

내 요리 코너를 한동안 계속 내보냈다…

이런 위험에도 불구하고 이 방송국은

야마자키 마리의 구만엔 이탈리안 ♡

그밖에도 라디오에서 <Bar에서 차오!>(…)라는 코너도 맡았다

나머지는 '대충대충이지만 이탈리안을 집에서 싸게 먹을 수 있을 것 같아서 기쁘다'는 팩스가 여러 건.

레스토랑에서 클레임이 3건.

클레임

←프로듀서

여기 포르투갈에서는 좀처럼 내 식탐을 만족시킬 수가 없었다…

삶은 달걀을 간장에 졸인 거야! 불만 있어?!

… 그건 뭐야?

안 줘

…그렇게 '먹고 싶다!!'는 의지가 요리를 하는 원동력이 되고, 그 덕분에 방송 일까지 할 수 있었지만…

아앗!! 오뎅이 먹고 싶어서 죽을 것 같아!!

무서워…

발작이다…

아아…

끄에엑

Spaghetti Aglio Olioe Peperoncino

페페론치노 스파게티

재료 손질

마늘은 얇게 저민다.

고추는
가위 같은 것을
이용해서 잘게 썬다.

파슬리는 다진다.

재료
(2인분)

스파게티 160g
(면이 가늘수록 좋다)

마늘 1쪽

고추
본인 취향대로

엑스트라 버진
올리브 오일 1~2큰술
(이 스파게티의 맛은
올리브 오일에
달려 있다!!)

파슬리 적당량
소금, 후추 적당량

② 프라이팬에
올리브 오일을
두르고
마늘과 고추를
**넣은 다음
불을 켠다.**

⁜ 마늘은 타기 쉬우므로
황금색으로 익으면 STOP!

① 큰 솥에 물을
넉넉하게 붓고
스파게티를
삶는다.
(물이 끓으면
소금을
넣어준다)

지쳐서 요리를 할
기운이 없더라도
간단히 맛있게
만들 수 있다♡

④ 마지막으로
위에 파슬리를
뿌리면 완성♡

이때 물기를
살짝 남겨둔다...

③ 삶은
스파게티의
물기를
제거한 후
프라이팬에
넣고
소금,
후추로
간을
맞춘다.

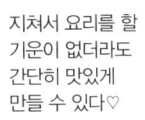

menu 10 · 세계 최고의 진수성찬은?

신기한 메르모*
↓

우와아...

빨간 사탕,
파란 사탕
맛있겠다~

어릴 적의 난
그림책이나
TV에 나오는
음식이 맛있어 보여서
툭하면 입맛을
다시곤 했다.

* 신기한 메르모(ふしぎなメルモ) : 데즈카 오사무의 아동용 만화 및 애니메이션 작품.

그러자 나무
그루터기로 만든
테이블 위에
맛있어 보이는
수프 세 그릇이
놓여
있었어요...

...금발소녀는
곰 세 마리의
집으로 몰래
들어갔어요.

입맛을 다셨던
기억 중 가장
오래된 것은
『금발소녀와
곰 세 마리』
라는 그림책...

어머나,
맛있어라!

금발소녀는
망설이지 않고
수프 한 그릇을
먹었습니다.

금발소녀와
곰 세 마리

수프로 배를 채우고 행복하게 잠든 금발소녀의 모습이 인상적이라

나… 남의 집에서 무슨 짓을…

다 먹고 배가 부른 금발소녀는 침대 위에 누워서 잠을 잤어요…

끄윽.

엄마가 수프 접시에 담아준 된장국에 만족…

결국

책을 읽은 후 이 '곰의 수프'가 꼭 먹고 싶다며 엄마를 졸라댔다.

…어휴, 저 떼쟁이 …

곰의 수프가 먹고 싶어서 죽을 것 같아!

끄아악~

응?

그로부터 몇 년 후.

언니, 〈하이디〉 시작해!

지금 갈게!!

캄퍼스 어린이극장

맛있는 음식인가?!···

흰 빵이 저렇게나

회···

저렇게 많이 먹다간 할머니가 죽을 거야···

그 날의 에피소드에는 하이디가 서랍장 안에 흰 빵을 잔뜩 숨겨두는 장면이 나왔다···

할머니가 기뻐 하실까?

수북☆

아아, 이게 흰 빵 맞지?!

그 날 나온 급식 빵은 눈물이 날 만큼 맛있었다!

상각우유 ↓

봤어, 봤어!! 흰 빵이 너무 맛있어 보이더라!

나도 먹고 싶어졌어, 흰 빵···

어제 하이디 봤어?!

다음날 학교에서도 그 이야기로 화제만발···

아, 이거 전부터 읽고 싶었던 책이네···

그로부터 다시 몇 년 후···

맨발의 겐

크림빵 60엔

잘 생각해보면 평범한 빵에 불과한데 하이디에서는 흰 빵이 세계 최고의 진수성찬처럼 보였다···

하이디의 흰 빵 80엔

↑ 흰 빵을 먹고 싶다는 전국적인 욕구를 알아차린 각지의 제과점에서 만들게 되었다···

* 맨발의 겐(はだしのゲン) : 나카자와 케이지(中沢啓治)가 자신의 원폭 피폭 체험을 바탕으로 그린 만화.

...뭐 하는 거니...?

...겐과 똑같은 음식이 먹고 싶어...

콩 콩

『맨발의 겐』의 비참한 내용에 전율하면서도

페이지를 넘길수록 겐과 똑같은 공복감을 느끼기 시작했다...

불쌍해...

...정 궁금하면 수제비도 끓여줄까?

아아, 끝내준다!!

쌀이 정말 맛있어! 엄마

↑ 전쟁경험자

거의 맹물이나 다름없는 죽을 쑨다...

얼마 안 되는 쌀을 병에 넣고 몽둥이로 빻은 후

↑ 뜨거운 물에 쌀알이 둥둥 떠다니는 상태

절박한 상황 속의 검소한 요리...

호화로운 요리보다

스테이크

↑ 실감이 나질 않는다

주먹밥

↑ 상상만 해도 군침이...

참으로 신기한 심리다...

돌이켜보면 내가 자극을 받는 건 검소하고 소박한 것들뿐이네...

흰 빵이라... 옛날 생각 난다

오스트리아와 국경이 맞닿은 북이탈리아의 알프스로 놀러 갔다. (남티롤 지방이라고도 부른다.)

후아~ 공기 좋다 ~♡

화제를 전환해서, 2007년 9월 초에 우리 가족은 휴가로

등산 끝내고 먹어야지~

이탈리아 국내 여행의 재미는 각 지역의 토속요리에 있다…

여러 가지가 있어. 스펙이라는 생햄도 있고 버섯이랑 치즈랑…

저기, 이 지방의 토속요리는 뭐야?!

화요요요요요요…

그러나…

어쨌든
이 앞에 휘테*가
있을 테니까
힘을 내라고!!

...
으...
응...

...알프스 산을
너무 얕잡아
봤어...

9월 초인데
이 눈은 뭐야?
응?!

* 휘테(Hutte) : 산장.

우리는
소떼에게
포위
당했다.

꺄악~! 소의
혹성**이다!!
(의미불명)

음매~

음매~

딸강...

한참을
걸어가자
거대한
검은 물체가
접근...

딸...
강

딸강...

꺼억

꺼억

뭐,
뭐야?!

** 소의 혹성 : 미국영화 〈혹성탈출〉의 일본 제목인 〈원숭이의 혹성(猿の惑星)〉을 패러디한 대사.

저기다~!!
휘테 발견!!

그렇다면
...

...
기다려?
이것은
목장의
소...

72

저, 저기, 뭔가 따뜻한 것 좀 먹고 싶어요…

네… 수프면 될까요 …?

안으로 들어가자 우리와 마찬가지로 조난(?)당할 뻔했던 사람들이 모여 있었다…

벌컥

이것은 하이디의 흰 빵과 곰의 수프가 합체한 최고의 요리야!!

마… 맛있다… 따뜻해…

지치고 얼어붙은 몸을 단숨에 데워주는 환상적인 요리였다.

빵으로 만든 완자를 넣고 끓인 따끈한 수프 요리.

거기서 나온 것이 '카네데를리' 라는…

모각

모각

※ 원래 오스트리아 요리(knodel)

오늘은 특별히 맨발의 겐을 추억하며 완자를 작게 만들었어☆

자아~ 하이디와 곰이 된 기분으로 먹어라~♡

그로부터 한동안 나는 매일같이 이 카네데를리 수프를 만들었다…

또 이거야?!

이제 그만! 고급 프랑스 요리가 먹고 싶어!!

맞아. 이런 때 고급 프랑스 요리 같은 걸 먹고 싶다는 생각은 안 들지.

역시 본질적인 의미에서 '사람 마음을 채워주는' 것은 이런 음식 이구나…

이제 도화로운 요리는 아무래도 좋아!!

Canederli in Brodo
카네데를리 수프

볼에 빵, 달걀, 우유, 소금, 후추, 파슬리를 넣고 골고루 섞은 후 2시간 동안 재워둔다.
카네데를리를 넣을 수프를 만든다.

재료
손질

본인이 좋아하는 수프라면 기본적으로는 뭐든지 OK!

→ 2시간 보관

재료
(2인분)

작게 뜯은 빵 100g

달걀 1개　　양파 반개　　생햄 2장

수프 스톡　　밀가루 약간　　우유 80㎖
1개

소금, 후추, 파슬리 약간. 버터 혹은 기름 적당량

표면에 밀가루를 묻힌다.

② ①을 2시간 동안 재워뒀던 볼 안에 넣고 골고루 섞어서 둥글게 빚은 후

지름 7~8cm 정도…?

① 버터 혹은 기름을 두른 프라이팬에 잘게 다진 양파와 햄을 넣고 양파가 투명해질 때까지 볶는다.

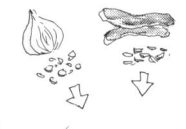

---

④ 완성!!
카네데를리는 한꺼번에 많이 만들어서 냉장고에 보관해두면 편리하다.

③ 팔팔 끓는 물에 ②를 넣고 살짝 익힌 다음 수프 냄비로 옮겨서 15분 정도 약한 불에서 끓인다.

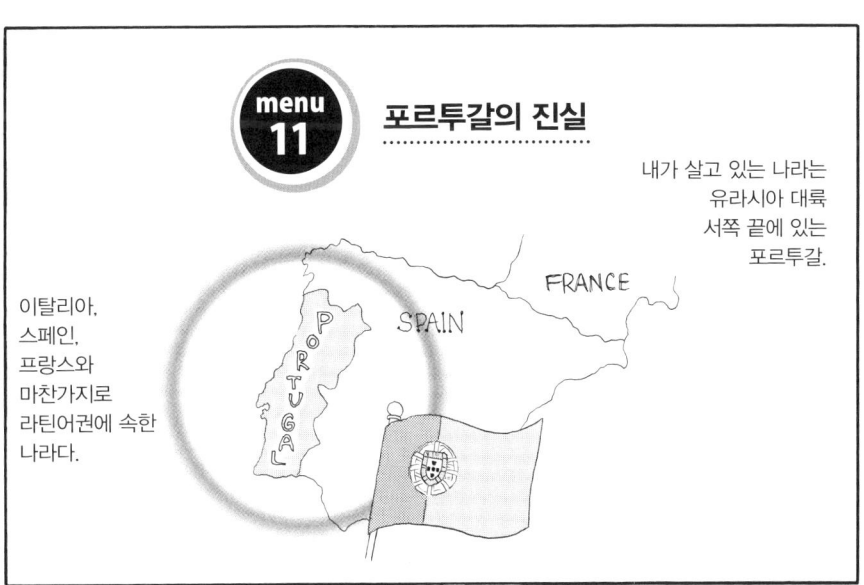

menu 11 포르투갈의 진실

내가 살고 있는 나라는 유라시아 대륙 서쪽 끝에 있는 포르투갈.

이탈리아, 스페인, 프랑스와 마찬가지로 라틴어권에 속한 나라다.

FRANCE
SPAIN
PORTUGAL

예를 들어 이탈리아 남자와 포르투갈 남자가 같이 길을 걷다가 이런 상황에 처했을 경우…

우오오… 엄청난 미인!!

포
이

'라틴계'라고 도매금으로 취급하기 쉽지만…

사실은 나라별 국민성은 전혀 다르다.

쵸마…
쵸마…
쵸마…

16세기 일본에 처음 찾아온 서양인 (포르투갈인)

생각한 것을 소리 내어 말한다

어… 여신이다 …

호아

포
이

두 나라는 여성의 기질 역시 크게 차이가 난다.

차오 ♡

...

PORTUGAL

꼬물 꼬물

ITALIA

이런 결과가 나온다…

보고 싶어… 보고 싶지만 남자라면 봐선 안 돼.

아가씨~ ♡

이

포

은근히 일본과 비슷하다.

같은 라틴계인데도 차이가 많네…

포르투갈 남자는 자존심이 강해서 여자 뒤꽁무니를 쫓아다니는 일이 거의 없어요…

흐응.

그리고 기가 센 여자는 다들 싫어해서…

P

이런 식이다.

하지만 모두 가슴이 풍만 ♥

헉!

왜요?

P P

당신도 이탈리아인 맞네.

아~

…하지만 아름다운 여자는 놓치지 않는다…

여기 사람들은 점잖아서 마음에 들어!

우리 남편은 이탈리아인이지만 소극적인 사람이라 포르투갈과 궁합이 좋은 것 같다…

조용한 나에게는 딱 맞는 나라야…

리스본 시내의 뒷골목

앗!

파닥
파닥
파닥

…응?! 뭐지? 이 익숙한 냄새는…

포르투갈은 일본과 인연이 깊은 나라로 남녀의 성질뿐만 아니라 일본을 연상시키는 면이 많이 있다.

콩
콩
콩

우와, 먹음직 스러워!

정어리 다!!

모락 모락

그 밖에 포르투갈에서 볼 수 있는 일본스러운 광경을 들자면…

정어리 버거 최, 최고!!

육즙이 아주 그냥~!!

예엣? 그래도 돼요?!

자, 하나 잡숴 보시구랴…

포르투갈의 길모퉁이에서 가끔 이렇게 향수를 자극하는 광경과 맞닥트리게 된다.

빵 사이에 정어리를 끼웠다

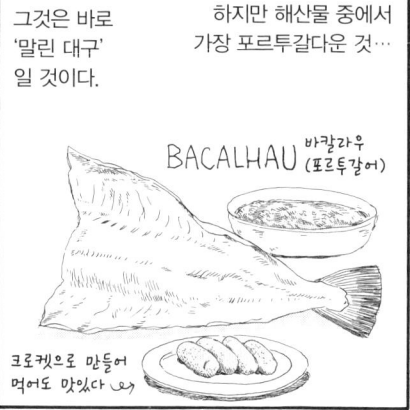

일본의 식생활에 쉽게 적응할 수 있지 않았을까…?

대항해시대에 일본까지 찾아온 포르투갈인들도

해삼이랑 멍게가 참 맛있구면

다… 다행이다…

희한하게 생긴 포르투갈의 해산물 ☆

해산물을 즐겨 먹는다는 면에서 포르투갈인은 일본인과 공통점이 많다.

거북손 (조개의 일종)

곰치

달팽이 (해산물은 아니지만)

맛조개

마트의 계산대에서

그런데 얼핏 내성적이고 경건하게 보이는 포르투갈인이지만

꾹 꾹

이렇게 무사태평한 사람들이 용케 일본까지 갔네…

하지만 이런 모습을 보면 믿기 힘들어.

느긋느긋~

우후후…

뽀아

포르투갈어의 '오브리가도'란 사실을 알고 있나?

혹시 일본어 '아리가토 (ありがとう 고맙습니다)' 의 어원이

오브리가도 Obrigado = 아리가토

어…? 예, 그런데요 …?

당신 일본인?

?

79

실은 이런 일이 지금까지 몇 번이나 있었다…

자신만만

흐~흠

…

'오브리가도'가 '아리가토' 라고?!

에엑…?!

포르투갈인은 은근히 프라이드가 높다…

평소에 쥬반이랑 단어를 쓰는 사람이 어디 있다고…

쥬반*도 마찬가지야!!

쳐억

호호~호.

이 사람 흥에 겨워서 멈출 줄을 모르네…

빵, 콥푸(컵) 그리고 카르타, 보탄(단추), 캇파(우비)… 또 비드로(유리) 라든가…

그밖에도~ 아주 많다고요!

그것 말고도 일본인은 우리 포르투갈 말을 이것저것 사용하고 있지?!

주절
주절
주절
주절

당신의 포르투갈어는 브라질 억양이 강해서 진짜 포르투갈어가 아니야!!

그만하고 좀 가라…

NO!!

그 500년 전 긍지가 현재까지 이어지고 있는 것이다…

그들은 미국, 아시아, 남미에 이르기까지 광대한 식민지를 손에 넣었다.

500년 전 해양제국으로서 일세를 풍미했을 때

* 쥬반(襦袢, じゅばん) : 일본 전통복식의 속옷.
원래는 아랍어의 '쥬바(jubbah)'가 포르투갈로 넘어가 '지봉(gibão)', 일본에 와서 '쥬반'이 되었다고 한다.

일본의 카스텔라하곤 전혀 달라…

카스텔라의 원형은 '빵데로(Pão-de-ló)'라는 것인데…

촉촉하고 부드러운 것이 스펀지케이크와 비슷하다

이것도 맛있다!!

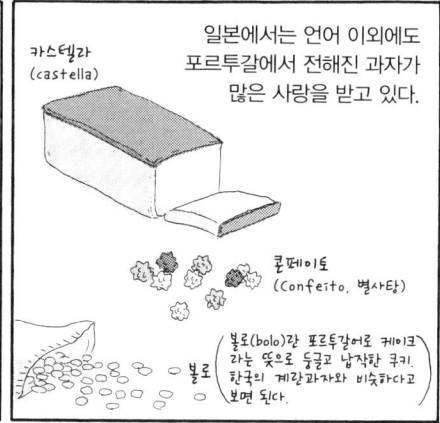

일본에서는 언어 이외에도 포르투갈에서 전해진 과자가 많은 사랑을 받고 있다.

카스텔라 (castella)

콘페이토 (Confeito, 별사탕)

볼로

볼로(bolo)란 포르투갈어로 케이크라는 뜻으로 둥글고 납작한 쿠키. 한국의 계란과자와 비슷하다고 보면 된다.

우웩!

헉?!

…이게 빵데로의 일본판?

시험 삼아 일본의 카스텔라를 포르투갈인에게 먹여보았다.

어때?

오물 오물

포르투갈인은 시공을 초월한 금지의 소유자인 것이다…

또 시작 됐다…

그!런!데♡ 혹시 이거 알아? 일본어의 '아리가토'가 사실은 포르투갈어의…

후후후…

이 친구는 카스텔라 밑에 붙어 있는 종이도 같이 먹어버린 것이다…

물론 아래의 종이도 맛있어 보이지만…

빵데로에는 저런 종이가 없어!

포르투갈은 일본과 달라서 종이를 먹는 습관이 없다고!!

꿀꺽 꿀꺽

Carapau com Molho Espanhol
스페인식 소스를 끼얹은 전갱이 구이

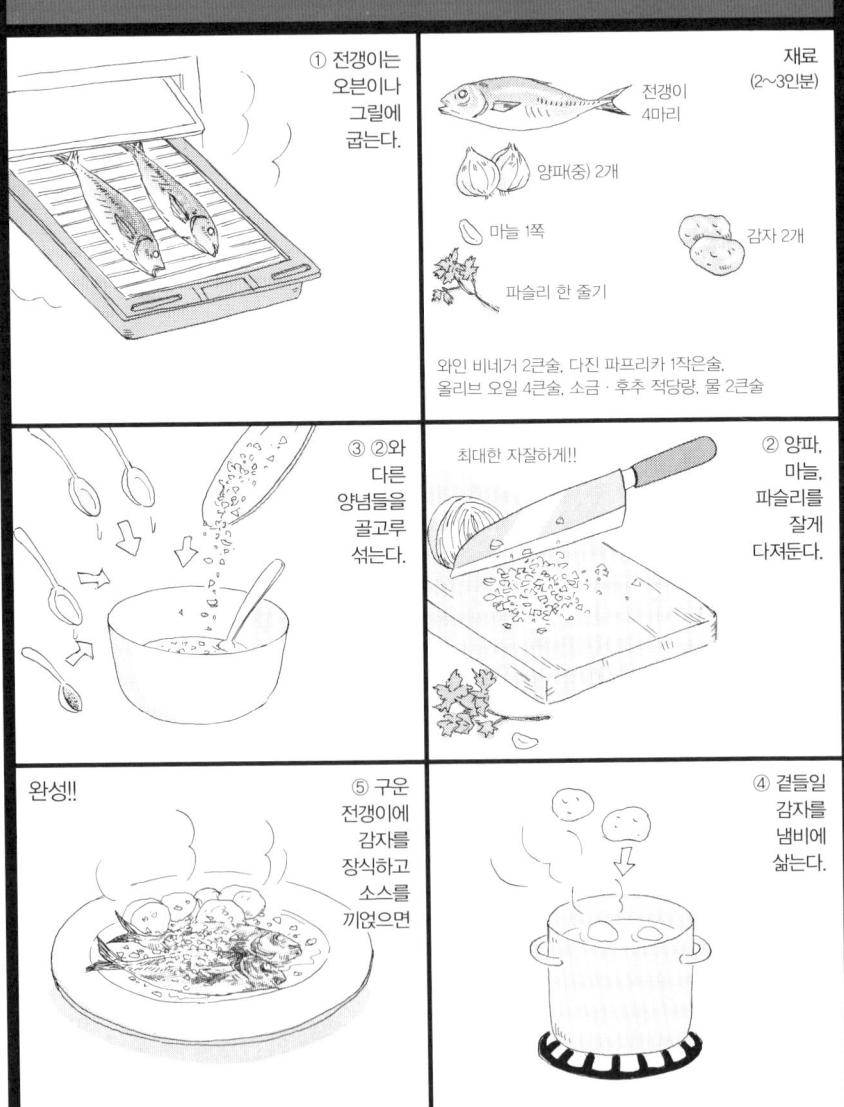

① 전갱이는 오븐이나 그릴에 굽는다.

재료
(2~3인분)

전갱이 4마리

양파(중) 2개

마늘 1쪽

감자 2개

파슬리 한 줄기

와인 비네거 2큰술, 다진 파프리카 1작은술,
올리브 오일 4큰술, 소금 · 후추 적당량, 물 2큰술

③ ②와 다른 양념들을 골고루 섞는다.

최대한 자잘하게!!

② 양파, 마늘, 파슬리를 잘게 다져둔다.

완성!!

⑤ 구운 전갱이에 감자를 장식하고 소스를 끼얹으면

④ 곁들일 감자를 냄비에 삶는다.

재료는
화이트 와인,
그리고
파르메산
치즈를
적당량...

시어머니
마르게리타의
맛있는
쿠킹☆1

* 미림 : 찐 찹쌀에 소주와 누룩을 넣어 발효시킨 후 쪄서 여과해낸 감미 조미료. 주로 한국과 일본에서 쓴다.

CHE
BUOOONO!! ♡

p.109로 이어짐

* CHE BUONO : that's good.

menu 12 차이를 아는 사람들

개인적인 견해인데
혹시 일본인은 전 세계에서
가장 민감한 혀를 가진
국민이 아닐까…?

이 쌀은
고시
히카리가
틀림없어
!!

음?!

과거 청빈함의
산물인가…?

예전에 만화가 친구가
해외 거주 중인
나를 위해서
우오누마 산(産)
쌀을 보내준
적이 있다.

실은 상자가
파손되어 내용물이
새어나오는 것
같아요…

새…
새어
나와?!

소금 같은 양념을 첨가할
필요가 없는 식재료에
이렇게까지 따지는 국민은
많지 않을 것이다…

이탈리아인인
남편으로선
이해불가능…

↓

…?

간장을 찍을
필요가 없겠어!!
싱싱한 회는
그냥 먹어도
맛있어!

정말
최고!!

우와!

우오누마
산
쌀이~!

후두둑

후두둑

후두둑

이때는 우체국에 있던 사람들이 모두 나서서 쌀을 주워줬다…

고향에서 보내준 쌀이 쏟아졌다는 군요.

무슨 일이야? 도대체?

CAIXA

여러분!! 제발 밟지 말아요~!!

포르투갈에도 쌀이 있는데…

…생활이 엄청 힘든가 보네…

우~엥

* CAIXA : 상자(포르투갈어)

이탈리아 요리에서도 재료가 생명인걸!!

버럭

내는 안다!

이탈리아인을 얕보지 말라!!

…당신은 몰라…

이거든 저거든 다 똑같은 쌀 아닌가?

…확실히…

우리 밭만 봐도 알 수 있잖아?!

말해두겠는데 우리 집도 재료를 까다롭게 따져가며 먹는다구!!

…

일본만 뛰어난 식문화를 가진 것처럼 뻐기지 마

배추흰나비의 유충이 꼬물거리는 거대한 이파리의 양배추…

노린재가 바글대는 거대한 토마토.

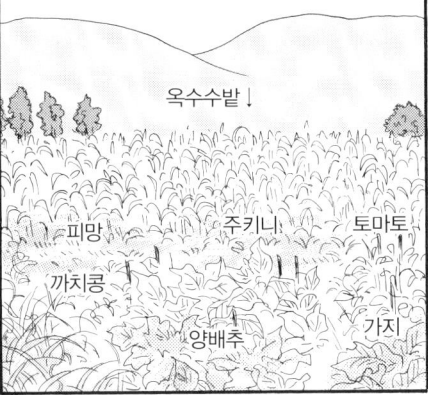

광대한 부지에 채소, 곡물이 빽빽!

옥수수밭!

피망

까치콩

주키니

양배추

토마토

가지

우리 집에선 고기도 엄청 까다롭게 따져!!

채소 뿐만이 아니야!!

우쩨헷!

깜짝

화들짝

처억

먼저 닭고기!!

보려무나. 네가 부탁했던 배추도 이렇게 잘 자랐어!!

…이렇게 잎이 무성한 배추는 처음 봐요…

보라고… 다들 저렇게 기운이 넘치게 잘 자랐으니♡

우후후

으악~ 죽는다 꿰엑~

처억

그리고 오리고기 !!

꿰엑~

퍼들짝

실제로 시댁 식탁에는 이런 불쌍한 새들의 고기가 올라오는데…

으…

그냥 스트레스가 잔뜩 쌓인 것처럼 보이는데…?

코카카카카

맛이 없을 리가 없잖아!!

무서워…

아, 그건 네가 귀여워하던 꼬리 말린 그 오리의 고기야♡

옛?!

설마 이거 고무로 만든 고기는 아니겠죠?!

어머님… 저기… 이 고기는 도대체…?

어쩌지…? 너무 질겨서 뜯어 먹을 수가 없어…

씨… 씹히질 않아…?!

끄으응~

우적

우적

우적

이…
이것은
…?!

그러고 보니
잡을 때
꼬리 깃털은
널 위해서
남겨뒀다,
아가!!

자 ♡
선물 ♡

꿱꿱이
꼬리다…!!

아하하하

꿱
꿱

틀림없어…

…나는
단호하게
선언했다…

우왕~
꿱꿱이를
먹어버렸어~
우왕~

내버려
두렴!

엄마!

이제
육식은 싫어!!
채식주의자가
될 거야!!

…
맛있다는
생각이
들 리가
없다…

괘…
괜찮아?!
엄마?!

우읍!

89

이건 알렌테주 지방의 흑돼지랍니다…

포르투갈 남부에서 먹은 돼지고기 맛에 열렬하게 감동…

지~잉

이 고기 너무 맛있어!!

그러나

마…
맛있다!!

그 후 같은 지방에서 먹은 소고기도 맛있고 연해서 완전히 반해버렸다…

포르투갈의 고기 맛은 어쩜 이렇게 황홀한 거지?!

찌이~잉…

채식주의 선언 철회!!

지방이 알맞게 오른 부위를 숯불에 구운 덕분인지 흘러나오는 육즙의 감칠맛이 최고였다!

요리 이름마저 '흑돼지의 비밀' 이었는데…

치이이익~…

와아…

오오…

맛있는 흑돼지와 소가 방목되고 있는 알렌테주 지방으로 가보았다…

황새
↓

코르크나무!

소

흑돼지

ㄱ
ㄹ
ㄹ

소

새근~

흑돼지

재료가
맛있게
자랄지의
여부는
전부 환경에
달려 있다고
본다…

그것만은
제발
참아주세요!

지구상
생물들의
평화를
위해서!!

있지… 이번에
우리 집에서
소랑 돼지를
길러볼까
생각 중인데…

↑
시어머니

맛있을
만하네…

맛있
겠다…

Carne de Porco a Alentejana
알렌테주의 돼지고기

곁들일 감자는 미리 삶아둔다.

① 돼지고기는 먹기 좋은 크기로 네모나게 썰어둔다.

재료
(3~4인분)

대합 500g

돼지고기 500g

마늘 1쪽　　감자 3~4개

화이트 와인 200㎖　　월계수 잎 1장

소금, 후추, 올리브 오일, 고수 적당량

③ 4시간 후 재워두었던 고기를 익을 때까지 올리브 오일로 볶는다.

※소금, 후추로 간을 맞춘다.

② 다진 마늘과 화이트 와인, 월계수 잎으로 만든 양념을 고기에 발라 4시간 정도 재워둔다.

※이렇게 하면 고기의 풍미가 좋아지고 살이 연해진다.

완성!!

⑤ 접시에 삶은 감자를 곁들이고 잘게 다진 고수를 뿌리면

포르투갈 남부의 향기

④ ③에 소금기를 제거한 대합과 월계수 잎을 넣고 뚜껑을 덮어 대합이 벌어질 때까지 열이 골고루 미치도록 가끔 프라이팬을 흔들어준다.

menu 13 신비한 과실

이탈리아의 시댁에서
요리하던 중에
일어난 에피소드.

올리브
오일.

올리브
오일…

어디에
넣어뒀나
…?

그렇게
판단을 내리고
그 오일로
막 음식을
볶으려고
하는데…

병도
꾸적꾸적
하고…

마구 사용해도
괜찮아
보이는 건
역시
이쪽이지…

이걸로
하자!

이미 개봉해서
사용 중인
올리브 오일이
두 병…

오, 있다,
있다!

지저분하다

비싸 보인다

시어머니가
직접 쓴
라벨

OLIO

EXTRA
VERGINE
OLIO DI OLIVA
PREMIUM

얘야!
스토~
옵!

흠 흠 ♪♫

그게 허락을 받고 사용해야 할 만큼 대단한 기름인가요?!

벽도 많이 지저분한데요...

허... 허락 이라니요...?

시장에서 살 수도 없는 귀하디귀한 오일이란 말이야!

색칠 공부

이건 말이지! 광대한 올리브 밭에서 1년에 딱 5병밖에 못 짜는 한정품 '엑스트라 버진 오일' 이라고!!

시어머니

'엑스트라 버진 오일'
같은 밭에서 생산된 올리브를 1차 압착한 오일. 향기, 풍미, 색 모든 점에서 완벽하다는 평가를 받는다.

'버진 오일'
풍미는 엑스트라 버진 오일과 똑같지만 산도가 조금 높다.

'올리브 오일'
정제 오일과 버진 오일을 섞은 것.

참고로 올리브 오일의 품질은 크게 다음과 같이 분류한다.

이탈리아인에게 시집온 주제에 올리브 오일도 구분할 줄도 모르다니!

시어머니의 말에 따르면 그것은 남이탈리아 풀리아 주(州)에 사는 친구가 특별히 나눠준 귀한 올리브 오일 이라고 한다...

잔소리

잔소리

잔소리

아아... ♥

마개를 뽑는 순간 농후한 향기가 확 풍기는 것이 BEST!!

그러면 이 최고급 엑스트라 버진 오일로 만든 요리는 과연 어떨까...?

...죄, 죄송 합니다...

95

모차렐라와 토마토의 카프레제 샐러드

그밖에 올리브 오일의 맛을 활용한 일반적인 요리로는…

참치 카르파초

시험 삼아 몰래 시어머니의 올리브 오일로 페페론치노 스파게티를 만들어보았다.

우와!
지금까지 먹어본 페페론치노보다 몇 배는 맛있잖아!

낮잠 주인 시어머니

금단의 프라이팬 채로 먹기…

마… 맛있다!! 어머님께 들키면 반쯤 죽을 거야…

몰래 몰래

우걱 우걱

빵에 직접 오일을 찍어서 먹어도 좋다!!

수프나 파스타를 먹기 직전에 오일을 살짝 첨가하는 것도 일반적이다.

쪼르륵~

…맛있는 올리브 오일은 단순한 양념이 아니라 당당한 '주인공'이 될 수도 있다.

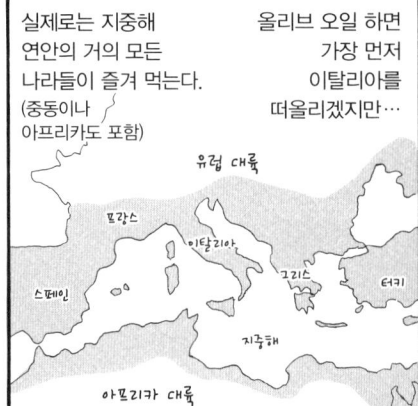

실제로는 지중해 연안의 거의 모든 나라들이 즐겨 먹는다.
(중동이나 아프리카도 포함)

올리브 오일 하면 가장 먼저 이탈리아를 떠올리겠지만…

유럽 대륙

프랑스

이탈리아

그리스

터키

스페인

지중해

아프리카 대륙

올리브 오일을 더 가져오너라!

고대 로마인 역시 아침식사로 빵에 올리브 오일을 찍어 먹었다고 한다…

예, 알겠나이다!!

지평선의 끝까지 올리브 나무…

들쭉날쭉한 라인

참고로 스페인의 올리브 생산량은 현재 세계 1위!

올리브 말고는 아무것도 없어!!

스페인의 올리브 생산지 경치는 어떤 의미론 장절해…

부담 없는 가격의 공산품인데 이런 수준이라니?! (개인적으로는 이탈리아제보다 더 좋아해)

맛있어!

현재 내가 살고 있는 포르투갈이나 이웃나라 스페인에서도 올리브 오일은 생활필수품!!

포르투갈산은 국제적인 인지도가 낮아서 수출량이 적기 때문에 아는 사람만 안다

응?! 이건 뭐지?!

산어미 ☆

과거 중동의 시리아에 살고 있었을 때…

인류 문명과 거의 동시에 탄생했다고도 하는 올리브 오일…

응…? 일본의 프린세스??

피부에 트러블이 있는 사람도 오케~!!

게다가 **일본의 프린세스도** 사용하고 있어요!!

…어쩐지 사기 같은 느낌이 폴폴…

흐응~

클레오파트라도 이 비누를 사용했죠!

진짜야~

시장을 걷다가 발견한 암석처럼 생긴 물건은 시리아 명산품인 올리브 비누였다.

97

과연 어떤 효과가 있을까?!

빡

빡

4천년의 역사를 자랑하는 비누라니… 게다가 이거 하나로 머리도 감을 수 있다고…?

(주) 실제로는 거품이 이렇게 풍성하게 나지 않는다

옛, 감사합니다!!

그럼 20개 주세요!!

놀랍게도 마사코 왕세자비도 이 알레포 비누를 사용한다는 것이다…

자, 그럴 때는 올리브 오일!!

… 3일이나 못 넣어요 …

올리브 오일의 위력을 더 소개해 보자면…

최악이야…

WC

돌멩이 같은 생김새와는 반대인 효과에 나는 조금 감동했다…

굉장해!! 피부가 당기지도 않고 윤기가 흘러!!

피부 매끈매끈

머리 찰랑찰랑

클레오 파트라 전설은 진짜 일지도…

앗, 뜨거워~!

더군다나…

에스프레소

쭈루룩

콜레스테롤 수치가 높은 사람에게도 효과가 좋다.

자, 당신도 이거 먹어요!!

응?

변비에도 뛰어난 효과를 발휘하며…

쾌변

올리브 오일은
화상에도 잘
듣는 모양이다…
(언 발에 오줌
누는 격이라는
기분도 들지만…)

OLIO

있다!!

올리브 오일,
올리브 오일!

아뜨뜨뜨!

벌컥

와
락···

그거
쓰지
말랬죠!!

우다다닥

우~후 ♥

차닥

차닥

올리브는 지중해에서
살아가는
사람들에게 있어서
필수불가결한
물건이란 이야기…

올리브 나무로
변상하라고 했어!!
앞으론 내가 직접
오일을 짤 거야!

뭐든지
집에서 만들고
싶어 하는
사람

···
그게
편가요
?

그러
니까
…

※ 올리브 나무 모종은 무척 비싸다 ☆

챙강

까아악
~!

팍
삭

아!

미끄덩

99

Insalata Caprese & Salada de Atum com Feijão Branco
엑스트라 버진 올리브 오일 요리 두 가지

통썰기한 토마토 위에 모차렐라를 얹고
바질을 곁들인다.
그 위에 엑스트라 버진 오일과
소금, 후추를 뿌리면 완성!!

Insalata Caprese

엑스트라 버진
올리브 오일

재료
(2인분)

샐러드용의
잘 익은
토마토(대)
1개

모차렐라 1개
(가능하면 물소젖으로 만든 것…)

생 바질 적당량

작은 것도 OK

소금, 후추 적당량

이탈리아 카프레제 샐러드

흰 까치콩과 채 썬 양파,
으깬 참치를 올리브 오일에 버무린 후
다진 고수를 뿌린다.
소금, 후추로 간을 맞추면 완성!!

Salada de
Atum
com
Feijão
Branco

재료
(2인분)

물에 불린
흰 까치콩 100g
(삶은 콩 통조림도 OK)

참치캔(소) 1개

양파 반 개

가늘게 채 썬다

고수 적당량

엑스트라 버진 올리브 오일 적당량
소금, 후추 적당량
레몬즙 취향대로

포르투갈 참치와 흰 까치콩 샐러드

100

menu 14 — LOVE ♡ CHEESE

우리 시아버지는
치즈라면
사족을 못 쓰신다…

여자랑
비슷한 것
같지 않아?

…
치즈는
…

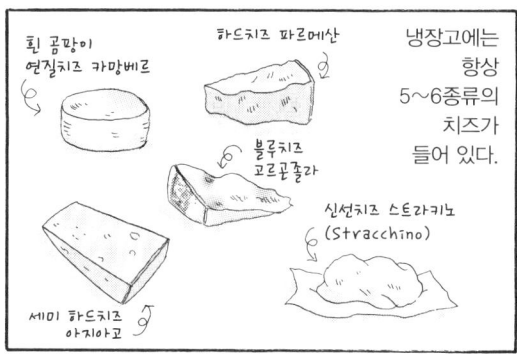

냉장고에는
항상
5～6종류의
치즈가
들어 있다.

흰 곰팡이
연질치즈 카망베르

하드치즈 파르메산

블루치즈
고르곤졸라

신선치즈 스트라키노
(Stracchino)

세미 하드치즈
아지아고

하루도 거르지 않고
집 근처에 있는
치즈 가게에서
치즈를 사들이고

치즈의
팩토리 아울렛

IFICIO

음,
그러니까
말이지~

어?

치… 치즈가
여자랑
비슷하다니
무슨
뜻인가요…?

오물

오물

이 사람 제정신 인가…?

흰 곰팡이 치즈는 젊은 새대…

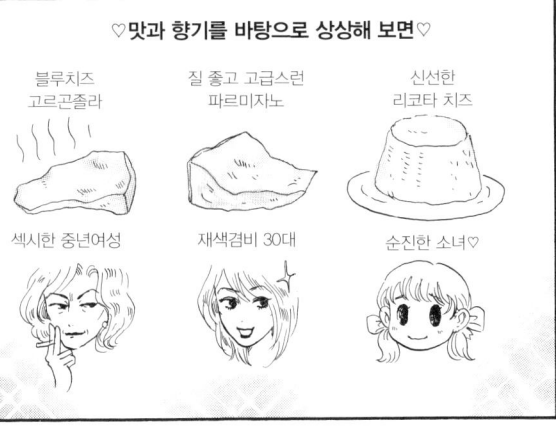

♡맛과 향기를 바탕으로 상상해 보면♡

블루치즈 고르곤졸라

질 좋고 고급스런 파르미자노

신선한 리코타 치즈

섹시한 중년여성

재색겸비 30대

순진한 소녀♡

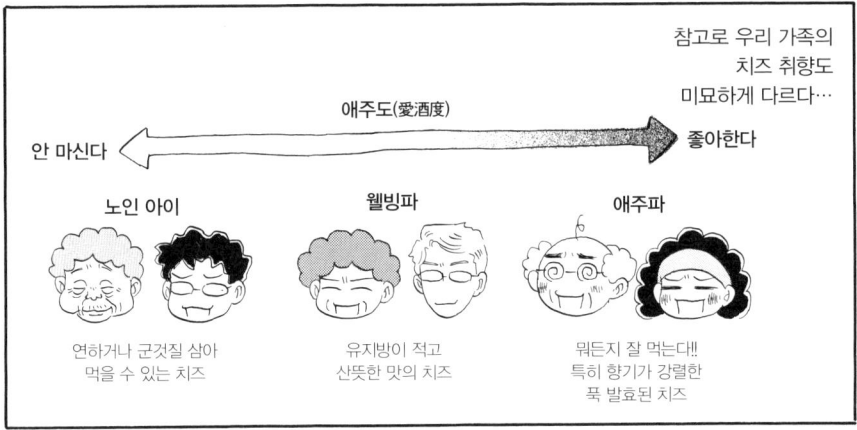

참고로 우리 가족의 치즈 취향도 미묘하게 다르다…

애주도(愛酒度)

안 마신다 ← → 좋아한다

노인 아이

웰빙파

애주파

연하거나 군것질 삼아 먹을 수 있는 치즈

유지방이 적고 산뜻한 맛의 치즈

뭐든지 잘 먹는데!! 특히 향기가 강렬한 푹 발효된 치즈

큰일 났다!

켁…!

조심하지 않으면

치즈는 살이 찐다.

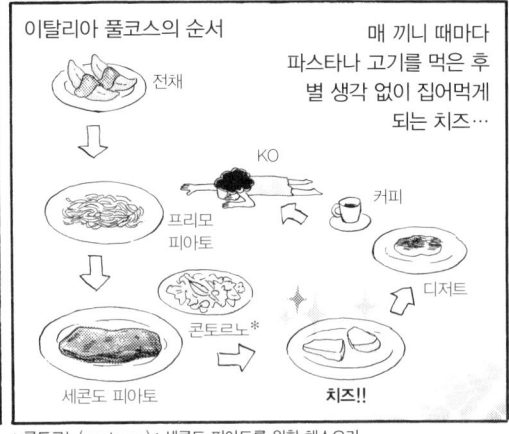

이탈리아 풀코스의 순서

매 끼니 때마다 파스타나 고기를 먹은 후 별 생각 없이 집어먹게 되는 치즈…

전채

프리모 피아토

KO

커피

콘토르노*

디저트

세콘도 피아토

치즈!!

* 콘토르노(contorno) : 세콘도 피아토를 위한 채소요리

102

뭘 굽고 계시지…?

치익~

그러나 치즈 냄새만 맡으면 이미 체중 걱정은 어디론가 사라져버리는데…

아?! 먹음직한 냄새!!

지글~

지글~

그것은 '토미노(Tomino)'라는 흰 곰팡이 치즈를 올리브 오일에 구운 것이었다.

※위에 얹은 허브는 세이지

오늘 저녁이야!

우옷!

이건 뭐죠?!

뭐라고요 ?!

가열하면 더 맛있어지는 치즈가 또 있어!!

맛은…

으허엉

눈물이 날 만큼 맛있어!!

그리고 여기에 꿀을 살짝 곁들이면…

뎅

…어때?

텁

렌지에 돌려 살짝 녹인 '아지아고' 치즈에

꿀을 끼얹은 거란다~♡

예전에 어떤 레스토랑에서…

저기~ 이건 뭔가요?

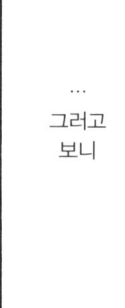

… 그러고 보니

맛있다!!

꿀을 곁들인
요리였다…

그것은 정말로
갓 만들어서
김이 날 정도로
따뜻한 리코타
치즈에다

갓 만든 리코타 치즈는
울퉁불퉁하다 ↓

리코타 치즈 :
산뜻하면서도 달아서 여러 가지 요리에 응용할 수 있다.

추천
메뉴죠!!

갓 만들어
따끈따끈한
리코타 치즈
요리랍니다.

이걸로
주세요!

렌지에 데워서 속을
몰랑몰랑하게 만든
카망베르 치즈를
채소 스틱 찍어 먹는
딥 소스로 쓴다.

그 밖에
우리 집
에서는

이 '따뜻한 치즈'와
꿀의 콤비네이션은
황홀할 만큼 맛있다!!

고대
로마시대
부터
먹었어유우
~☆

'세라 다 에스트렐라
(Serra da Estrela)'
라는, 둘이 먹다
하나가 죽어도
모를 만큼
맛있는
치즈가
있다…

윗부분을 자르고
녹진녹진한 속을
숟거로 떠먹는다

현재 거주 중인
포르투갈에는 높은
몸값 때문에 우리가
'금단'이라고 부르는

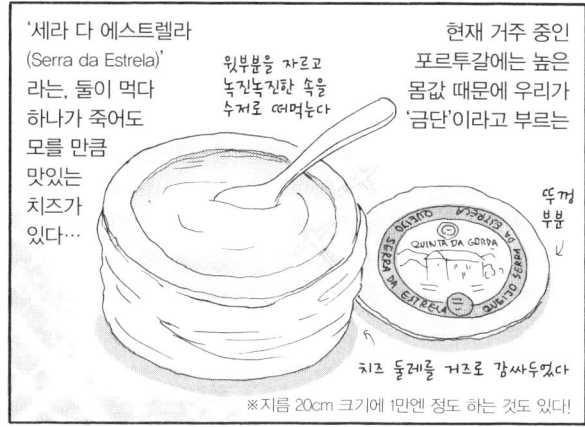

뚜껑
부분

치즈 둘레를 거즈로 감싸두었다

※지름 20cm 크기에 1만엔 정도 하는 것도 있다!

속이 녹아서
부드러운
치즈라면…

포르투갈의 레스토랑에서는 어디서든 이런 방법으로 '사이드 메뉴'를 내놓고 있는데

먹으면 자동적으로 요금이 가산되는 시스템 이다.

하지만 먹으면 도대체 얼마가 나올까?!

우와아아, 향기가 끝내준다!

포르투갈의 레스토랑에 가면 가끔

주문도 안 했는데 테이블에 이 치즈가 놓여 있을 때가 있다…

윽?

작은 사이즈

…결국 항상 먹게 된다.

…

젔다…

잘 먹었다…

…

포르투갈의 이런 방법은

음흉하다!!

후후후후… 먹지 않고 배길 수 있겠나…

나처럼 시아버지도 신선치즈보다 푹 숙성시킨 치즈를 좋아하지만

아~앗!!

내가 유혹을 뿌리치지 못하는 치즈는 그것 말고도 많다.

프랑스의 치즈 '생 마르셀랑 (St Marcellin)'은 냄새는 구리지만 맛있다!!

꼬릿

꼬릿

만약 이 치즈가 여성이라면…

후후후

이런가?

아주 강~렬하게 씩었네요… 톡 쏘는 것이 암모니아 냄새 같기도 하고…

푸쉬쉭!

어디까지가 진짜 곰팡이였는지 구분이 안 가!

고르곤졸라 치즈가 썩어서

그러다가 배탈이라도 나면 어쩌려고 그래!!

그때는 시어머니에게 혹독하게 야단맞았다.

버~럭

……

잠깐, 두 사람!

맞아, 맞아!! 이렇게 점점 면역성을 기르면 되는 거야, 응!!

하지만 어차피 곰팡이는 곰팡이잖아요☆

후아~ 짜릿 짜릿해

푸푸파하하하

시아버지에게 있어서 '치즈 가게를 경영한다'는 것은 '카바레를 경영한다'는 것과 같은 의미다.

뿌작

으악 그만해!!

가엾어라…

난 엔지니어를 그만두고 치즈 가게를 열겠다!

정했어!

치즈에 둘러싸여 살고 싶어

Caponata con Formaggio
이탈리아식 채소 그라탱

① 채소를 한입 크기로 썰어둔다.

마늘은 잘게 다진다.

재료
(4인분)

 양파 1개

 가지 2개

주키니 1개

적피망, 황피망 각각 1개

 마늘 1쪽

토마토 통조림 180g

고다 치즈 70g
(없으면 파르메산 치즈가루도 괜찮다)

다진 파슬리
올리브 오일
소금, 후추 적당량

③ ②에 토마토 통조림을 붓고 끓인다.

가능하면 토마토는 포크로 으깨둔다.

② 달군 프라이팬이나 냄비에 올리브 오일을 두르고 마늘을 볶다가 채소를 넣고 숨이 죽을 때까지 볶는다.

채소는 본인의 취향에 맞춰서 바꿔도 된다!!

⑤ 치즈가 먹음직하게 녹으면 완성!!

④ 그림과 같은 순서로 그라탱 접시에 재료를 넣고 파슬리를 뿌린 다음 200도로 맞춘 오븐에 넣어 10~15분 정도 굽는다.

...소시지를
삶은 물은
일단
버린 다음
새 물로...

시어머니
마르게리타의
맛있는
쿠킹 ☆2

Buonissimo!!
♡

털썩

끝

* buonissimo : very good.

menu 15

달아도 너~~무 달아!!

특별히
드시고
싶은 것이
있나요?

몇 년 전 이탈리아의
축구선수 토티가
부상으로 입원했을 때의
에피소드.

뜬금없이
알몸

토티의 '누텔라
러브♡'는
전 이탈리아에
알려졌다
…

이 에피소드는 신문이나
인터넷에서 화제가 되어

CALCIO

TOTTI CHIEDE DI
" NUTELLA" !!

* calcio : 축구.

그럼 '누텔라'란
도대체 어떤
음식인가…?

누텔라
아모레

이탈리아의 어느
라디오 프로에서
실시한 설문조사에
따르면 이탈리아
남자가 '엄마'
다음으로
사랑하는 것이
'누텔라'라고
한다…

…토티는
그렇게
'즉답'
했다고
한다.

그러면
…

'누텔라'를
부탁해요♡

헤이즐넛과
초콜릿을 섞어 만든…

빵이나 비스킷에
발라 먹는
잼이 바로 누텔라다.

엄마가
소포를
보내셨어☆

아싸~!

일본에
사는 어느
이탈리아
인의 집에
들렀을 때…

ITALIA

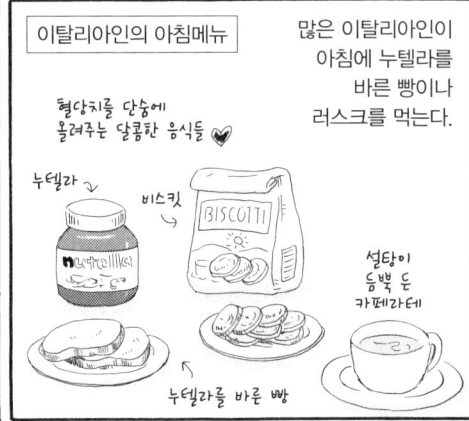

이탈리아인의 아침메뉴

많은 이탈리아인이
아침에 누텔라를
바른 빵이나
러스크를 먹는다.

혈당치를 단숨에
올려주는 달콤한 음식들 ♥

누텔라

비스킷

BISCOTTI

설탕이
듬뿍 든
카페라테

↑
누텔라를 바른 빵

…일본에서도
누텔라를
파는데…

흐흑

누텔라를 먹고
이탈리아의
엄마를
생각해다오
…

소포를 열어보니
상자 안에는
누텔라가 하나 가득
들어 있었다…

가득

우와~
기뻐~!

SPAGHETTI
ITALIA

♦ 나란히~

이 사람 집의 유리잔을 자세히 보니 전부 누텔라의 빈 용기였다…

도… 도대체 여태까지 누텔라를 얼마나 먹은 거야?

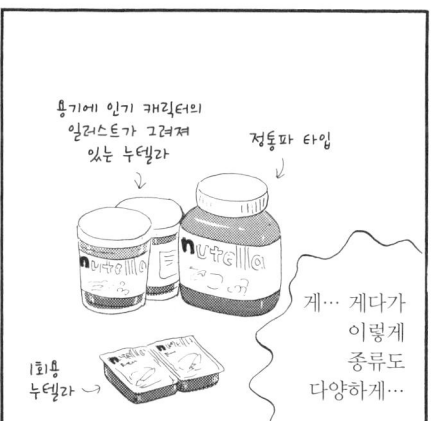

용기에 인기 캐릭터의 일러스트가 그려져 있는 누텔라

정통파 타입

nutella

1회용 누텔라

게… 게다가 이렇게 종류도 다양하게…

누텔라나 초콜릿처럼 단 음식에 환장을 하네…

…이탈리아 남자들은 진짜로

아구

아구

← 몰래 숨어서 누텔라를 먹는 우리 남편 (많이 먹지 말라고 잔소리를 한 적이 있다)

내 몸의 절반은 누텔라로 이루어졌다고 봐도 되지 않을까~?

37세 ⇩

음~ 아마도 이유식을 뗀 이후로 매일같이 먹었으니까…

끄엑

아~ 누텔라를 마음껏 먹고 싶어~

그래서 톰바의 아침식사는 아무것도 바르지 않은 빵과 크래커뿐…

음, 다음 대회까지 조금 감량하는 편이 좋겠어…

코치

네?!

월드스키 챔피언이었던 알베르트 톰바의 합숙 중 에피소드.

찬스!!

...

코치

조잘
조잘

nutella

있다!!

뒤적

뒤적
뒤적

뭐라고?!

...몰래
누텔라를
먹은 것이
실패요인
일지도?

에헤헤...

결국 기대를
한 몸에 받았던
대회에서
최악의 성적을...

톰바는 그 후
쵸콜릿 CF에
출연하게
되었다...

아구
아구
쩝쩝

아구

아구

쩝쩝

114

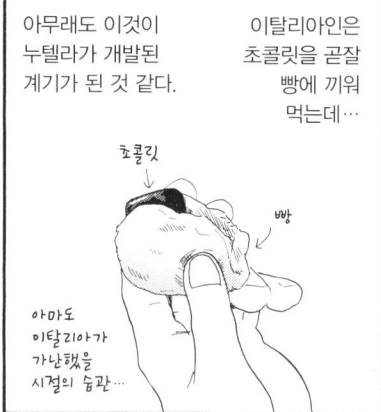

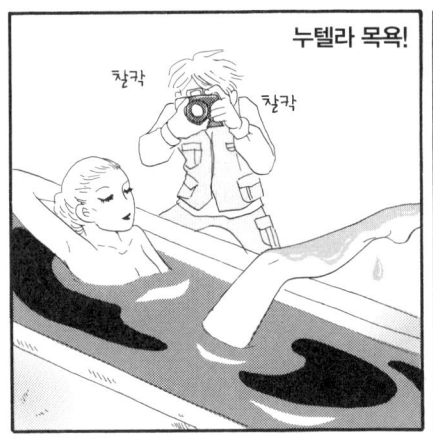

누텔라 목욕!

찰칵

찰칵

보디 페인팅!!
(의미불명…)

누텔라

데굴
데굴

이렇게
손가락에 찍어서

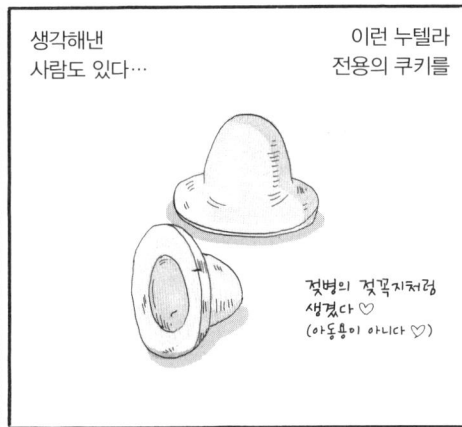

생각해낸
사람도 있다…

이런 누텔라
전용의 쿠키를

젖병의 젖꼭지처럼
생겼다 ♡
(아동용이 아니다 ♡)

참고로 최근의
누텔라 광고는
이런 식…

안녕하세요!!
전 이탈리아
국가대표
축구팀의 전속
요리사입니다☆

…아직도
젖을
못 뗐나?

꿈만 같아
♡

그대로 쪽쪽
빨아먹는다.

이 쿠키는
이탈리아
남자들에게
꿈의
결정체다.

쭉
쭉

116

결코
빠트릴 수
없는 것이
'누텔라'!!

아침에는
과일우유와
빵...
그리고

잔뜩
☆

델 피에로

루카 토니

칸나바로

선수들의
건강관리는
제 책임입니다!
그래서 항상
균형 잡힌 식단을
짜기 위해서
노력하고 있죠.

오물
오물
오물

...

누텔라
바른 빵

누텔라가 없는 세상은
상상도 할 수 없어요!

ITALIA

nutella

그것은 바로
'엄마'와
'누텔라'다
...

이탈리아
남자의
인생에서
빼놓을 수
없는 2대
신념.

불만
있어?!

오호호

뭐 어때?
사실인걸.

마치 누텔라 덕분에
월드챔피언이
되었다는 투의
광고일세?!

아작아작...

117

Tiramisù con Nutella
누텔라로 만든 티라미스

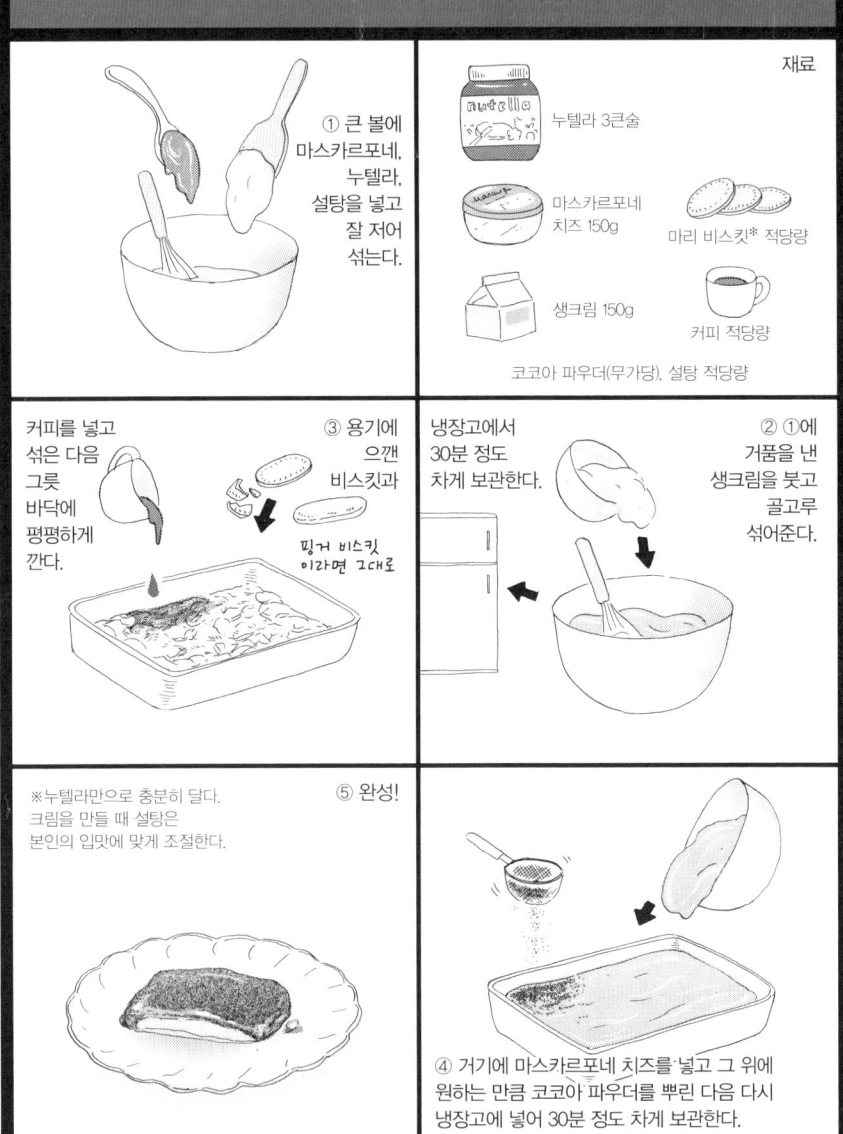

① 큰 볼에 마스카르포네, 누텔라, 설탕을 넣고 잘 저어 섞는다.

재료

누텔라 3큰술

마스카르포네 치즈 150g

마리 비스킷* 적당량

생크림 150g

커피 적당량

코코아 파우더(무가당), 설탕 적당량

커피를 넣고 섞은 다음 그릇 바닥에 평평하게 깐다.

③ 용기에 으깬 비스킷과

핑거 비스킷 이라면 그대로

냉장고에서 30분 정도 차게 보관한다.

② ①에 거품을 낸 생크림을 붓고 골고루 섞어준다.

※누텔라만으로 충분히 달다. 크림을 만들 때 설탕은 본인의 입맛에 맞게 조절한다.

⑤ 완성!

④ 거기에 마스카르포네 치즈를·넣고 그 위에 원하는 만큼 코코아 파우더를 뿌린 다음 다시 냉장고에 넣어 30분 정도 차게 보관한다.

* 마리(Marie) : 일본 모리나가에서 1923년부터 판매중인 비스킷. 담백하고 깔끔한 맛.

menu 16 · 태양과 정열의 모케카

(말풍선) 현지에서 한 번만 먹고 오면 3개월은 기운이 펄펄 날 텐데…

(말풍선) 이런, 야단났네… 갑자기 모케카가 먹고 싶어졌어…

이 모케카가 무시무시한 위력을 발휘하는 음식으로 묘사되어 있다.

페넬로페 크루즈가 주연한 영화 〈맛을 보여드립니다 (Woman on Top)〉에서는

보사노바 같은 경쾌한 브라질 음악을 좋아하신다면 OST도 추천합니다

PENELOPE CRUZ
WOMAN on TOP

알몸의 페넬로페가 전신에 고추를 두르고 있는 모습…

코코넛밀크에 해산물이나 고기, 채소를 넣고 끓인 요리다.

'모케카'란 브라질 북서부의 토속음식으로

난 이 영화를 제작한 이의 기분에 깊이 공감했다…

감독이 어지간히도 모케카를 좋아하나 보네…

사랑하는 사람이랑 함께 드세요♡
(페넬로페의 대사)

모조리 사랑에 빠지게 된다는 스토리…

주인공인 아리따운 브라질 셰프가 만든 모케카의 냄새를 맡은 사람은

OHHHH!!

모케카가 생각나서 일이 손에 안 잡혀!

으아, 안 되겠어!

브라질에 가고 싶어

한 번 먹어보면 결코 잊을 수가 없는 맛…

해산물이나 고기에서 배어나온 농후한 국물과 부드러운 코코넛 밀크가 조화를 이루어

태양과 정열의 나라 브라질!! 밤새도록 삼바를 출 수 있는 파워를 낳는 나라 브라질!!

※브라질은 열정적인 이탈리아인이 더 큰 열정을 찾아서 방문하는 나라 No.1!

나는 지난날 1년에 한 번씩 에너지 보충 차 브라질에 드나들었던 적이 있다…

그건 역시 브라질 음식 덕분 아닐까?!

응?! 그런가?!

…어떻게 하면 너처럼 항상 탱탱한 피부에 희고 건강한 이를 유지할 수 있지 …?

돈이 없어 초체해진 나…

사건의 발단은 이탈리아 유학 시절 알게 된 브라질 친구.

드디어 북서부의 도시에서 모케카를 발견!!

그로부터 몇 년 후 처음으로 브라질을 방문했을 때…

앗…

일본 친구 ↓

DRANTE
QUECA
HOJE ↑
모케카 있습니다

와아~

가보고 싶네~

아, 그리고 과일도 하나같이 맛있고!!

내가 좋아하는 음식 중에 모케카 라는 것이 있는데 그걸 먹으면 힘이 솟구치거든~

카이피리냐는 어때요? 모케카랑 잘 어울린다우~

음료는 뭐로 할라우?

아줌마의 추천으로…

멀리 브라질까지 왔으니까!!

오호, 이게 모케카?! 질냄비에 들어있네!!

자~ 해산물 모케카 입니다~

모락

모락

121

…아니,
조금이 아니라
상당히 독해…

우와~!
조금 독하긴
하지만
맛있다,
이거!!

쫘르륵~

주문한
'카이피리냐'는
사탕수수주(酒)에
라임과 탄산수를
섞은 칵테일로

알코올
도수는
결코
낮지
않다.

재료 : 카샤사
(사탕수수주),
라임,
탄산수와 물

기온 30도가 넘는
야외에서 뜨거운
모케카를 먹을 때라면
알코올을 아무리
들이켜도
취하지 않는다.
(내 경우는)

푸하~

응?!
뭐라고?!

맛있다고
과음하지
말고
적당히
마셔…

저기,

마리…

하지만
의외로 이런
브라질의
식생활은
나에게
다이어트
효과를
가져다
준다.

무모한
발언
…

후아~
이렇게 먹다가
스모 선수처럼
뚱뚱해져도
상관없어~!!

브라질에는
산미가 적은 과일이
많아서 매일 실컷
먹을 수 있다.

그리고 나는 평소
신 과일은 일절
입에 대지 못하는데
(딸기 한 알 먹는 데
30분 걸림)

먹은 만큼 칼로리를 연소 시켜야지!

그런 고칼로리 음식을…! 지금 당장 걷기로 하자!

…
브라질 여성은 몸매관리에 무척 신경을 쓴다…

모케카를 과식했다고?!

북서부에서 매일 모케카를 배터지게 먹어서 살이 쪘을 거야…

리오에서 현지 친구와 합류…

그리고 과즙도…

자아~ 힘차게 걷는 거야~

♪ ♬

과식했다는 말은 괜히 했다…

…

그리고선 끝이 안 보이는 리오의 해안을 몇 km나 파워 워킹…

두둥

자, 이거!!

그래?! 이쯤에서 잠시 쉴까?!

뭐 좀 마시지…?

저… 저기… 목이 말라서 죽을 것 같은데…

허억 허억

건강에 대한
브라질인의
관심은 뜨겁다.

GO~!

자~
다 마셨으면
5km 정도
더 걷자~!

…우린 좀
냅두라고
말하면
안 돼?

엥…
?!

뱃속이
부글부글해

코코넛은
철분과 비타민이
풍부한데다
칼로리도 낮아!

그래~?!

그런데
이거 하나가
몇 ㎖?

쭈르륵

손님이
원하는 양만큼
그 자리에서
바로
잘라주는
시스템.

더
드시겠습
니까?

…앗,
예… 그럼
조금만…

여기는
쇠꼬챙이에
끼워 구운
여러 가지
고기를
웨이터가
테이블까지
들고
와서

그 후 우리는
'슈하스코'라는
브라질식
스테이크 식당으로
연행되었다…

RRASCARIA

TCHAAAU!!
(챠우. 안녕)

…

다른 친구들

죽어도 더는 못 먹겠다!!
그렇게 느꼈을 때는
테이블 위의 표지를
빨강으로 바꾸면
웨이터가 오지 않는다.

NÃO
OBRIGADO

정말
정말
맛있다!!

육즙이
자르륵
배어나와!

이 쿠삥
이라는
부위는
지방이
적절하게
붙어
있어…

배는
부르지만
맛있어

브라질인의 말에 따르면
슈하스코에서 제일 맛있는
고기 부위는 '쿠삥'이라고
불리는 소의 목덜미 살
이라고 한다…

여기가
Cupim

※이런 혹이 달린 소에서만 나오는 고기

* no thank you

와~

둥 두둥

둥 와~

꺄악~

와~ 꺄악~

와~

슈하스코 다음엔 삼바 그룹의 콘서트로 연행되었다…

자아~ 이번에는 콘서트에 갈까~

죽겠다 …

아아… 이젠 움직이는 것도 힘에 겨워… 빨리 눕고 싶어…

…죽만 먹으면서 1년 정도 요양하고 싶어…

으악~ 괜찮아?!

친구가 드디어 복통과 피로로 쓰러졌다…

구급차에 실려 갔다

커억

으!

커억

2시간 내내 춤 췄을 무렵 …

브라질 사람들 몸은 도대체 뭐로 만들어진 거야?!

모케카는 먹고 싶지만 체력이 없으니까 사양할게…

남편

아들

본고장의 모케카는 맛있다고~

…그래서 슬슬 에너지를 보충하기 위해서 브라질에 갈까 생각 중인데, 같이 갈래?

코끼리처럼 먹고 마셨어도 내 체중은 확 줄어든 것이었다…

게다가 큰 볼일을 → 하루 두 번…

이런 스케줄이 열흘이나 계속된 덕분에

이름 하여 브라질 캠프 다이어트 …

Moqueca do Peixe
해산물 모케카

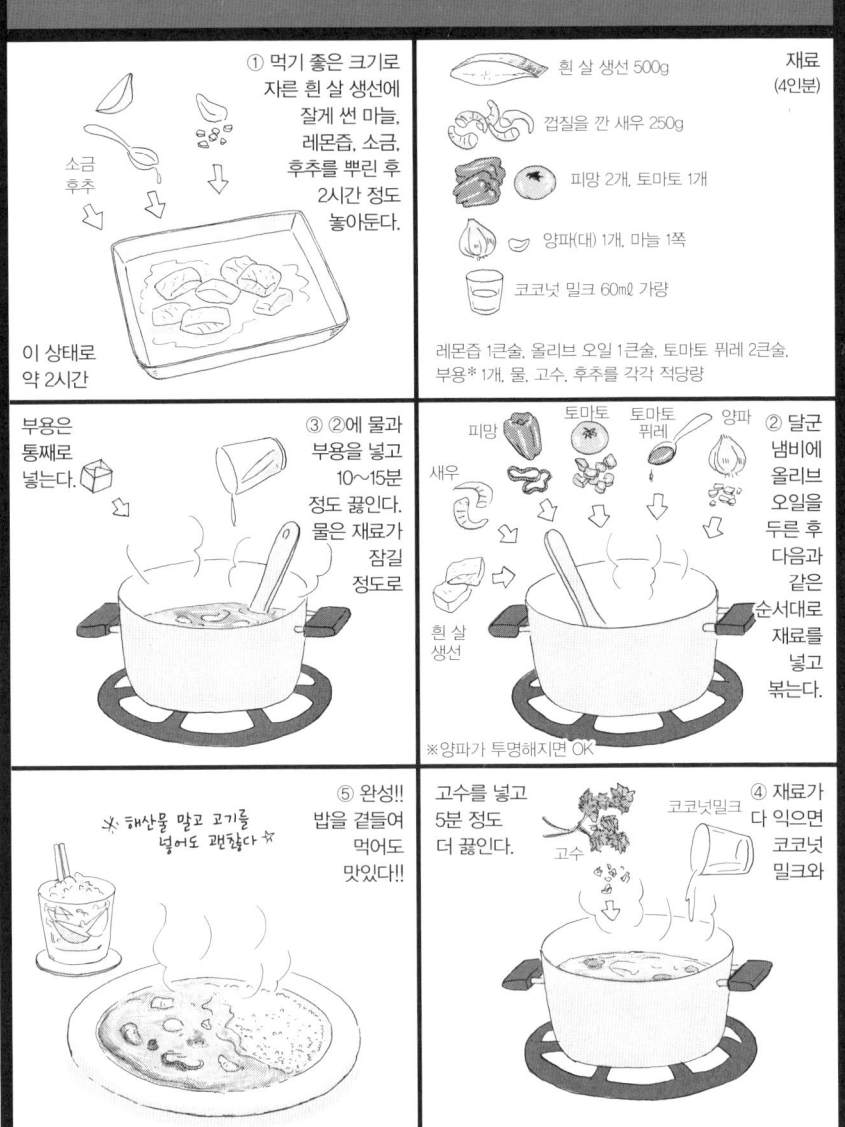

① 먹기 좋은 크기로 자른 흰 살 생선에 잘게 썬 마늘, 레몬즙, 소금, 후추를 뿌린 후 2시간 정도 놓아둔다.

소금 후추

이 상태로 약 2시간

재료
(4인분)

흰 살 생선 500g

껍질을 깐 새우 250g

피망 2개, 토마토 1개

양파(대) 1개, 마늘 1쪽

코코넛 밀크 60㎖ 가량

레몬즙 1큰술, 올리브 오일 1큰술, 토마토 퓌레 2큰술, 부용* 1개, 물, 고수, 후추를 각각 적당량

부용은 통째로 넣는다.

③ ②에 물과 부용을 넣고 10~15분 정도 끓인다. 물은 재료가 잠길 정도로

피망, 토마토, 토마토 퓌레, 양파, 새우, 흰 살 생선

② 달군 냄비에 올리브 오일을 두른 후 다음과 같은 순서대로 재료를 넣고 볶는다.

※양파가 투명해지면 OK

※ 해산물 말고 고기를 넣어도 괜찮다 ☆

⑤ 완성!! 밥을 곁들여 먹어도 맛있다!!

고수를 넣고 5분 정도 더 끓인다.

고수

코코넛밀크

④ 재료가 다 익으면 코코넛 밀크와

* 부용(bouillon) : 육류, 생선, 채소, 향신료 등을 넣고 우려낸 육수 혹은 스톡.

menu 17 이것이야말로 진정한 맛!

돌이켜보면 지금까지 온갖 다양한 음식을 먹어왔지만…

그 중에는 인상이 강렬하게 남을 만큼 맛있는 것도 많았지…

혼자만?

아들 남편

배에 타고 갓 잡은 새우를 산 채로 먹어봐요~

디렉터
↓

그럼 야마자키 씨. 다음은 말이죠.

과거 일본에서 지방방송국에서 여행 리포터로 일했을 무렵…

새우 소식을 전해 드리겠 습니다~♡

오늘은 홋카이도의 샤코탄에서 지금 수확철을 맞이한

새우를 산 채로 먹으라 고요?!

엿?!

127

먹어봐.
한창 제철인
성게와 새우의
2색 덮밥일세.

터억

할아버지의 집은
어부들을 위한
식당을
경영하고 있었다.

멀리서
잘도
오는구먼.

또 왔어요

그 후 나는
개인적으로
여러 번
할아버지네
식당을
방문했다.

말이
안 나왔다…

…

대사,
야마자키 씨.
대사!!

너무
맛있
어서

번역하면
'구멍이 있는
뼈'라는
뜻의 요리.

OSSO → 뼈
BUCO → 구멍

이탈리아의
고기요리
오소 부코.

가능하다면
모든 나라의
요리에서
그걸
알아두고
싶어…

그래…
재료의
맛을 최대한
살려서 먹는
요리법…

130

어라~?
마리, 뼈는
안 먹을 거야?!
내가 가져가도
될까?!

어?
아... 응?

개한테
가져다
줄 건가...?

낭편

처음
이 요리를
먹었을 때는
이름의 유래
같은 것을
전혀
모르고

토마토와
채소를 넣고
푹 끓여낸
뼈에 붙은
야들야들한
고기를
깨끗하게
먹어
치웠다.

맛있어라
♡

그야 몰랐으니까
할 수
없잖아
...

웃흥~
♡

오소 부코는
이 뼛속에 있는
골수가
진미라고!

마리는
뭘
모르네~

그리고 가져간
뼈를 들고
갑자기 뼈에
있는 구멍을
빨아먹는
남편...

쪼오옥

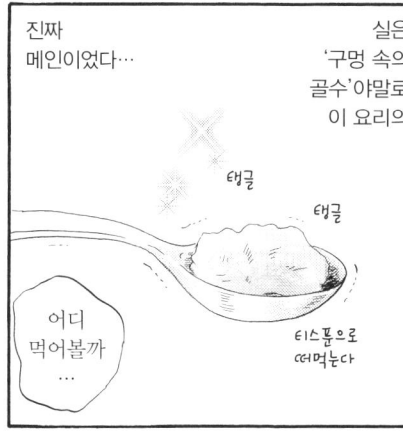

진짜
메인이었다...

실은
'구멍 속의
골수'야말로
이 요리의

태글

태글

어디
먹어볼까
...

티스푼으로
떠먹는다

예.

...여기요.
오소 부코
추가 주문
할게요!!

131

겨, 겨우 한입거리 밖에 안 되는 골수가 맛의 과녁 한가운데를 명중해서 온몸이 녹아내릴 것 같아.

마… 맙소사아!

나 ⇩

…조금 형용불능…

맛이 어떤가 하면

아앙

지… 진짜 발사믹 식초 라고?!

…하지만 넌 아직 진짜 발사믹 식초의 맛을 몰라…

우후후후…

친구 →

발사믹 식초와 처음 만났을 때의 감격도 잊을 수 없다…

우와아, 뼈에 스며드는 맛이다!

발사믹 식초를 뿌린 샐러드

발사믹 식초 소스의 흑돼지 스테이크

사… 삼만 엔…?!

이건 한 병에 3만 엔 정도 할걸… (50년 숙성)

30㎖들이 작은 병

50년 100년 ⇩

이 나무통 안에서 최저 12년 간 숙성시킨 것만이 진짜 발사믹 식초라고 할 수 있지.

그 후 이 친구의 고향이자 발사믹 식초의 본고장이기도 한 모데나에서 '진짜'의 양조장을 방문하게 되었다…

대단해!

이런 것이라도 샐러드 같은 음식에 살짝 뿌려주면 음식 맛이 한층 좋아지지요~

하지만 마트에서 쉽게 살 수 있는 싸구려 발사믹 식초.

일본에서는 뭐든지 살 수 있다…

진짜 발사믹 식초는 산미가 적어서 달고 부드러운 소스 같은 느낌이었다…

아이스크림에 몇 방울 떨어트리면 끝내줌

외식하면 발사믹 식초 몇 방울을 첨가하는 것만으로 가격이 1000엔 정도 업☆

얇게 슬라이스한 파르메산 치즈 위에 몇 방울…

전부 먹어치워야 한다든지…

너무 커!

예를 들면 방송국의 취재로 타조 알의 프라이를

← 핫플레이트

흰자→ 두께 4cm

아니. 음식 때문에 가혹한 일도 수두룩하게 겪는다고…

부럽다~ 세계 각국의 맛난 것을 잔뜩 먹어서…

하여간 먹어보라니까

멈출 줄을 모른다…

하지만 뇌 튀김이 실은 엄청 맛있었단 말이지. 대구 이리처럼!!

하지만 어떤 경험을 하든 간에 나의 식탐은

이리가 뭐야…?

으… 맘소사… 먹고 싶어졌다…

넌 생일이 4월이라 양자리니까 양의 뇌 튀김을 먹으럼☆

시어머니가 양의 뇌를 튀겨준 적이 있는데…

지금 싸우자는 거죠…?!

133

Maiale all' Aceto Balsamico
발사믹 소스의 흑돼지 스테이크

② 돼지고기에 소금, 후추, 강력분을 뿌려둔다.
프라이팬에 식용유와 버터 1작은술을 두르고
돼지고기 한쪽 면이 노릇노릇해지도록 굽는다.

① 재료
(2인분)

돼지고기 두 덩어리
(가능하면 흑돼지)

발사믹 식초
(마트에서 파는 것)
700g 정도

강력분
적당량

와인 비네거(적)
40㎖ 정도

곁들일
삶은 감자 2~3개

소금, 후추, 식용유, 무염버터, 물 적당량

고기에
골고루 묻힌
다음 고기만
접시에 옮겨
담는다.

④ 수분이
없어지면
발사믹
식초를 부어

센 불에서
프라이팬을
흔들어가며
수분을
없앤다.

③ 고기를
뒤집고
와인
비네거를
부은 다음

⑥ 고기에 감자를 곁들이고
발사믹 소스를 끼얹으면
완성!!

⑤ 소스에
물 20㎖
정도를 더
넣고 살짝
끓인다.

여기에
버터를 더
첨가해도
괜찮다

쉽게 만들 수 있지만 손이 많이 간 것처럼
위장할 수 있는 요리다 ♡

134

유럽의 식사 테이블에서 저지르면 안 되는 행동 강좌

〈의외로 잘 모르는 식사 예절 편〉

지금부터 이 자리를 빌려 유럽 등지를 여행하시는 분들을 위한, 의외로 잘 모르는 식사 예절 몇 가지를 소개하고자 합니다.

안녕하세요, 독자 여러분. 저는 이 책의 만화가 야마자키 마리의 남편 베피노입니다!

※베피노는 이탈리아인 부모님 사이에 태어난 순종 이탈리아인이지만 이탈리아 안에서는 그를 이탈리아인이라고 생각하는 사람이 거의 없다. (대개 영국인으로 착각한다) 어릴 적부터 친할머니에게 엄격한 교육을 받았기 때문에 지나칠 정도로 예의가 바르다.

(주) 다음 페이지부터는 아내의 행동에 수많은 의문을 품었던 베피노의 제안으로 마련한 코너입니다. (야마자키 마리)

왜냐면 그쪽 손으로 뭘 하는지 신경이 쓰이잖아!! 식사에 대한 성의도 안 느껴지고!!

…어? 이것도 안 되는 거야?! 어째서?!

여기

한쪽 손을 테이블 아래에 감춘 상태로 식사를 해서는 안 됩니다!!

(주) 미국에서는 테이블의 아래에 감춘 손으로 옆 사람의 몸을 더듬고 있다는 오해를 받기 쉬워서 금기시되는 모양이다…

기타

후루룩…

아무리 뜨거워도 소리를 내며 먹으면 안 된다.

그릇에 얼굴을 바짝 대고 먹는 것도 절대로 금물!!

일본에서는 일본의 예절을 따르라고!

그래서 전 일본에서 라멘을 먹을 때도 결코 소리를 내지 않는답니다!

후루룩~

그릇을 양손으로 들어서 입에 대고 먹는 것 또한 안 된다!

이… 이것은 정말이지 절대로 용납할 수 없어요! 절대로 금지!! 꺄아악!!

mamma mia!!

콧물을 훌쩍거려서도 안 됩니다!!

쿨 쩌적…

쿠…

으… 야단났다… 흘러 나오겠어…

이것은 식사할 때만이 아니라 일상생활을 통틀어서 절대로 해서는 안 되는 행동입니다!

저는 과거 일본의 점잖은 신사가 코를 훌쩍거리는 것을 보고 경악한 적이 있습니다…

Non posso credere!!

어, 어떻게 저럴 수가…

훌 쩌적…

후…

일본에서 손수건에다 코를 푼다면 빈축만 살 거야…

빼~앵

콧물이 흘러내리면 가지고 다니는 '손수건'에다 코를 풉시다!! 그것이 매너입니다.

그리고 도로 → 주머니 속으로 들어간 이 손수건은 그 후 몇 번이고 재사용된다…

B.C.

이니셜 ♡

『식사는 하셨어요? Buonappetito!』 끝

옮긴이 **정은서**

책과 커피, 컴퓨터만 있으면 사시사철 행복한 번역가.
덕분에 혈관 속에는 피 대신 커피가 흐르고 있다.
옮긴 책으로는 『가부쿠몬』『히카루의 바둑 완전판』『포의 일족』 등이 있다.

식사는 하셨어요? Buonappetito!
ⓒ Mari Yamazaki 2008

1 판 1 쇄 2013년 9월 6일
1 판 2 쇄 2013년 11월 8일

지 은 이 야마자키 마리
옮 긴 이 정은서

펴 낸 이 박매영
기   획 이정헌
책 임 편 집 이정헌
편   집 천강원 김지애
마 케 팅 한민아 정진아
온라인마케팅 김희숙 김상만 이원주 한수진
제   작 강신은 김애진 김동욱 임현식

펴 낸 곳 애니북스
출 판 등 록 2000년 2월 14일 제406-2003-000056호
주   소 413-120 경기도 파주시 회동길 210
전 자 우 편 sana@anibooks.com
전   화 031-955-8894(편집) 031-955-8886(마케팅)
팩   스 031-955-8855

I S B N 978-89-5919-573-2 17830

홈 페 이 지 www.anibooks.com | 블로그 anibooks.egloos.com
카   페 cafe.naver.com/anibooks | 트위터 twitter.com/anibooks